Staubkörner im Licht

Eine Anthologie junger Prosa 2

Die Anthologie „Staubkörner im Licht" versammelt die im Schuljahr 2014/2015 entstandenen Texte des Literaturkurses *li 1* des Bischöflichen Clara-Fey-Gymnasiums Schleiden.

Lektorat: die Autorinnen und Autoren des Kurses
Redaktion: Christoph Leisten
Korrektorat: Monica Cater, Lisa Hoellger,
Maike van der Hoek und Christoph Leisten
Cover-Layout: Fouad EL-Auwad
Cover-Foto: Hannah Staemmler

Herstellung und Verlag:
BoD – Books on Demand, Norderstedt
ISBN: 9783743118362

Staubkörner im Licht

Eine Anthologie junger Prosa 2

Barbara Becker
Elias Bernardy
Annika Deist
Frederick Erharter
Dominik Fink
Nils Fink
Linda-Marie Hannes
Lucie Hannes
Norman Heiter
Lisa Hoellger
Yanik Latz
Lara Mauel
Alina Linscheidt
Annemarie Neumann
Debora Schild
Philipp Schneider
Hannah Staemmler
Maike van der Hoek
Jonas Weber

Texte des Literaturkurses *li 1*
am Bischöflichen Clara-Fey-Gymnasium Schleiden
Hrsg. von Christoph Leisten

Inhaltsverzeichnis

EINSAMKEIT

NOCH EINMAL SO ETWAS WIE GLÜCK

ÜBERALL WASSER

DER DUFT DER FREMDE

EINSAMKEIT

Linda-Marie Hannes

Vergissmeinnicht

Er saß in seinem Zimmer. Trist sah es aus. Das womöglich Atemberaubendste, was die vier Wände zu bieten hatten, waren die Vergissmeinnicht auf der Fensterbank. Die nette Dame von vorhin hatte sie dort hingestellt, was er als äußerst nette Geste empfand, da die beiden sich nicht einmal kannten. Es war bereits dunkel draußen und die Kirchenglocken läuteten aus der Ferne halb sieben – Zeit für den letzten Kaffee.

Er nahm die Kanne und wollte gerade die kleine Porzellantasse füllen, als ihm auffiel, dass er dies wohl schon getan hatte. Der Kaffee war kalt und somit der vierte, den er an diesem Tag wegschüttete, weil er vergessen hatte, ihn zu trinken. Also stellte er die Tasse zurück auf den kleinen Tisch, direkt neben das kleine Radio. Es war nicht besonders schön, nicht besonders modern, aber allemal gut genug, um die Totenstille zu übertönen. Die Lieder waren nicht besonders bekannt, nicht besonders reizend, doch sie dienten ihrem Zweck. Die Tage hingegen waren ganz erträglich: Er bekam lauter Besuch, wenn auch von Menschen, die er überhaupt nicht kannte, aber das machte ihm nichts aus, denn er freute sich über jedes neue Gesicht, das den Versuch unternahm, seine Einsamkeit zu vertreiben. Er saß in seinem Zimmer, die Gedanken bei den vielen Menschen, die ihm ihre Aufmerksamkeit schenkten. Er hätte gerne mal ein vertrautes Gesicht gesehen, aber er beklagte sich nicht.

Gelegentlich fragte er sich, was er hier zu suchen hatte und ertappte sich dabei, wie er seinen Parka anzog und mit seinen Hausschuhen die Straße überquerte. Die Straßenbahnen hielten an und fuhren weiter, er aber stieg nicht ein. Immerzu ging er mit der Frage, was er dort gewollt habe,

zurück. Er überquerte die Straße mit seinen Hausschuhen und zog seinen Parka aus. Die Kirchenglocken läuteten halb acht aus der Ferne. Als er das Radio leiser drehen wollte, hielt er inne. Das war doch... ihr Lied... Seines und das der fremden Frau...
Mehr und mehr erinnerte er sich an Maria, und wie sie nächtelang auf dieses Lied getanzt hatten, bis ihnen die Füße wehtaten. Er erinnerte sich an seine Maria... wie sie im Brautkleid vor ihm gestanden und „Ja" gesagt hatte... An die Sommernächte auf der winzigen Veranda, die ihm in ihrer Gegenwart immer riesengroß vorgekommen war... An den Sternenhimmel, der sie beide begeistert hatte.
Mit einer winzigen Träne im Auge sah er zu den Vergissmeinnicht.

Maike van der Hoek

Verloren

Eine sanfte Melodie floss durch den Raum, prallte an den runden Wänden ab und füllte den Raum schließlich so dicht, dass man glaubte, an den Tönen zu ersticken. Dicht und dunkel. Er saß ganz in der Mitte an dem schwarzen Flügel, drückte mechanisch die Tasten herunter und hörte sich selbst gar nicht wirklich zu. Warum auch? E-Moll kannte er seit Ewigkeiten. Chopin. Präludium. Wunderschön. E-Moll eben. Ein weicher Klangteppich bedeckte bereits den Boden, weich und doch auf seltsame Weise brutal hart. Schön, aber schön vor Trauer. Eigentlich nicht dafür gemacht, dass man darauf verweilte.

Erneut rann ihm eine Träne über seine erhitzten Wangen, versickerte im mittlerweile geöffneten Kragen seines weißen Hemdes, vermischte sich mit der Musik. Das Lied, das er spielte, klang harmonisch und war doch verwoben mit seiner Trauer und Verbitterung. Eine erneute Träne, sein Mund verzog sich zu einer hässlichen Grimasse, er blinzelte weitere Tränen seine Wangen hinunter.

Warum konnte er immer noch nicht an irgendetwas anderes denken. Nur Bilder von ihr, von ihrem wunderschönen Gesicht mit den hohen Wangenknochen, den vollen Lippen. Bilder von ihr in diesem roten Mantel, vor ihm stehend. Sie hatte noch nicht einmal gesagt, dass es ihr leid tat. Nichts. Hatte sie das die ganze Zeit vorgehabt? Waren die ganzen in die Nacht geflüsterten Liebesbeweise nur unsichtbare Worte gewesen? Die ganzen Küsse – Nichts?

Sein Anschlag wurde härter, hohe Läufe mischten sich mit schweren Basstönen.
Durch das Fenster konnte er den Schnee sehen, nur ein weißes Gestöber ohne jegliche Tiefe. E-Moll. So tieftraurig. So tiefrot.

Wie sie seine Hand losgelassen hatte und ihm ohne mit der Wimper zu zucken das Lächeln vom Gesicht gerissen hatte. Erbarmungslos. Herzlos. Hoffnungslos.
Ihre Augen, urplötzlich mit Kälte gefüllt.

Die Melodie verdichtete sich. Seine Finger verweilten nun immer kurz auf den Tasten, liebevoll, aber schwer. Wundervolle Harmonien, hier und da. Zärtlich aufgebaut, kraftvoll schwingend. Jede Note vollgesogen mit stummen Schreien.

Es war aus. Einfach so. Sie hätte bei ihm bleiben müssen. Ihnen noch eine zweite Chance geben. Vielleicht. Vielleicht war aber auch schon alles verloren gewesen. Vielleicht hätte er sich mehr anstrengen müssen. Zu spät. Du hast verloren. Gib es endlich zu.
Aber verdammt noch mal, er hatte sie geliebt!

Leise schluchzte er auf, kam kurz aus dem Takt, fing sich dann wieder. Schaute erneut von seinen Fingern hoch und brauchte ein paar Sekunden, damit er wieder sehen konnte. Seine Augen brannten. Rot war ihr Kleid gewesen, rot wie sein dargebotenes und so verletzliches Herz. Schutzlos. Er hatte nie gewusst, wie mächtig Lügen sein konnten.

E-Moll presste sich gegen die Fenster, ließ ihm keinen Platz zum Atmen. Draußen tanzte der Schnee und tauchte alles in weiches Licht, das keinen Raum für Farben ließ. Eine Träne glänzte auf dem schwarzen Lack der Cis-Taste. Auf einmal zuckte er zurück, hob seine Hände, als hätte er sich an der Farblosigkeit der Tasten und Töne verbrannt. Der letzte Ton verhallte mit grausamer Langsamkeit, nicht zu den restlichen Noten passend. Sein Blick auf einen Punkt in der Ferne fixiert.

Lautlos stand er auf, ging vorsichtig bis zum Fenster und legte seine Hand an das kühle Glas der Scheibe, die immer noch von der Disharmonie zu vibrieren schien. Sein Blick verschwamm, als er die Hand vorsichtig sinken ließ und er das erhoffte Rot dahinter nicht fand.

Linda-Marie Hannes

Schmerz

Ich gehe nochmal alles durch. Wohnzimmer aufgeräumt, Badezimmer geputzt, Küche aufgeräumt, Betten gemacht, alles ist sauber. Heute darf ich nichts vergessen haben. Heute darf er keinen Grund haben, wieder auszurasten. Während ich der Soße für sein Lieblingsessen den letzten Schliff verleihe, höre ich, wie sich die Haustüre leise öffnet. Von jetzt auf gleich schlägt mir meine Angst wieder einmal auf den Magen. Schon fünf Mal habe ich den Hausarzt gewechselt, habe immer wieder behauptet, ich sei gestürzt oder gegen eine Türe gelaufen. Ich höre, wie er den Schlüssel durch das Wohnzimmer wirft und laut wird. Ich weiß, dass ich doch wieder etwas vergessen habe.

Er kommt in die Küche und fasst mich am Arm, dass es mir mein Blut staut. Noch ein weiterer blauer Fleck. Bevor ich auf seine Frage, warum ich den Mercedes nicht in der Garage geparkt habe, antworten kann, habe ich auch schon seine Faust im Magen. Der Schmerz durchströmt meinen Körper, was mir zur Gewohnheit geworden ist. Sofort bekomme ich seine Faust auch noch im Gesicht zu spüren, weil ich mich entschuldigt habe. Während ich erneut mit Tränen auf dem Boden liege, verlässt er wütend das Haus.

Wahrscheinlich fährt er wieder in die Kneipe. Ich höre, wie er das Haus abschließt, damit ich nicht gehen kann, sogar das Haustelefon hat er mitgenommen, damit ich niemanden erreichen kann. Ein eigenes Handy besitze ich schon seit längerer Zeit nicht mehr, genau wie einen eigenen Haustürschlüssel. So hat er immer die Kontrolle über mich.

Ich gehe ins Badezimmer, traue mich eigentlich wieder nicht, in den Spiegel zu sehen, tue es aber trotzdem. Mein linkes Auge wird nun auch blau werden und meine Nase blutet. Diesmal war ich so sicher, dass ich alles richtig gemacht und nichts vergessen habe. Ich schäme mich. Dafür, dass ich absolut nichts auf die Reihe bekomme. Weder ihn kann ich zufriedenstellen, noch komme ich von ihm los. Weil ich ihn liebe. Die Hoffnung, dass es wieder wird wie früher, lässt mich einfach nicht los.

Jonas Weber

Sofa

Er brachte die letzten Flaschen zügig ins Wohnzimmer. Schnell stellte er sie ab, wobei eine fast aus seiner Hand geglitten wäre und mit hoher Wahrscheinlichkeit dem Teppichboden den Todesstoß gegeben hätte.

Glück gehabt, dachte er sich und ging mit schnellem Schritt ins Badezimmer, wo er sich schließlich herrichtete. Überrascht vom Schellen der Klingel, ließ er alles stehen und liegen. Er erwischte sich jedoch beim Versuch, zur Haustür zu laufen und versuchte sich wieder zu beruhigen. Es würde schon alles gut gehen, lange würden sie nicht bleiben.

Nach einem Blick durch den Türspion öffnete er mit einem großen Schwung die Haustür und blickte in die erwartungsvollen Augen seiner Freunde. Sie standen dort, vollbeladen mit Sixpacks und einzelnen Flaschen.

Ohne dass er ein Wort sagte, traten sie ein und machten es sich im Wohnzimmer gemütlich. Sie stellten ihre Mitbringsel zu den Sachen, die er bereits mühsam ins Wohnzimmer geschleppt hatte. Er ging der Kolonne nach und nahm einen Platz in der Mitte des Sofas ein, das bereits einiges miterlebt hatte. Von kleineren bis zu größeren Flecken waren alle möglichen Makel darauf vorzufinden. Seine Mutter sollte sich nicht so anstellen, wenn heute ein, zwei neue Flecken dazukamen, versuchte er sich erneut einzureden, obwohl er genau wusste, dass sie sich aufregen würde. Und wie.

Nach einiger Zeit begannen sie mit den ersten Trinkspielen. Noch schienen alle nüchtern zu sein. Und das war auch gut so. Noch versuchte man halbwegs Ordnung zu bewahren. Versuchte, denn einige kleinere Pfützen hatten sich bereits auf dem Tisch gebildet. Die würde er, bevor sie aufbrachen, schnell beseitigen, so dass seine Eltern nichts davon in Erfahrung bringen würden, wenn sie später in der Nacht heimkehrten. Hoffentlich blieb nur der Teppich unversehrt. Sonst wäre dies wohl der letzte Abend dieser Art gewesen, der bei ihm stattgefunden hätte.

Unruhig blickte er immer wieder auf die anderen. Bald wollten sie aufbrechen und noch schien alles im grünen Bereich. Nur Tom machte ihm Sorgen. Er hatte ein Talent dafür, Trinkspiele zu verlieren, und das, obwohl er nicht viel vertrug.

Wird schon klappen, dachte er und richtete seine Aufmerksamkeit wieder auf die Spiele. Zumindest versuchte er es, bis er vom obligatorischen Kontrollanruf seiner Mutter gestört wurde, die sich, wie auch nicht anders zu erwarten, nach dem Zustand des Wohnzimmers erkundigen wollte. Mit einem leicht mulmigen Gefühl versicherte er ihr, dass alles in bester Ordnung sei, wobei er gerade in diesem Moment aus dem Augenwinkel sah, wie sich eine Flasche dem Boden näherte. Nachdem das Gespräch mit seiner Mutter beendet war, eilte er ins Wohnzimmer, um den Zustand des Teppichs zu erkunden.

Als er mit einem Lappen im Wohnzimmer stand, wurde er ungläubig von seinen Gästen beäugt. Ihre Blicke wandelten sich in Unverständnis, als er sie bat, gerade Platz zu schaffen, damit er versuchen konnte, das Unglück abzuwenden. Mit einem unguten Gefühl im Bauch verlieh er seiner Bitte Nachdruck. Daraufhin beschlossen seine Gäste, ihn zu verlassen und schließlich zur Party aufzubrechen, wo er nur allzu gern ebenfalls gewesen wäre, während er nun aber wohl oder übel den Abend damit verbrachte, den Teppich zu reinigen und die sonstigen Spuren zu beseitigen, mit denen er alleine gelassen worden war.

Maike van der Hoek

Vergiss mein nicht

Es war kalt. Es war viel zu kalt. Eigentlich. Eigentlich hätte es sie unberührt lassen sollen. Eigentlich war es unsinnig, weiter darüber nachzudenken. Eigentlich war es schon lange Tatsache. Eigentlich...

Trotzdem rann ihr eine weitere stumme Träne über die Wange. Sie wischte schnell darüber, um die Spur der Traurigkeit verschwinden zu lassen. Doch diese blieb und ließ sie den Wind nur noch beißender spüren. Unter ihr rauschte und wogte das Wasser, schlug gegen die Klippen. Die Gischt traf wie tausend Scherben auf ihre Wangen, verdeckte die Tränen mit weiteren winzigen Tropfen.

Deswegen kam sie hierher. Damit keiner sah, wie sehr es sie berührt hatte und wie kalt die Gischt wirklich war...
Wie kalt der Ozean in seinen Augen gewesen war...

Zittrig atmete sie ein. Wurde sich ihrer offenen Jacke bewusst. Beobachtete die Wellen. Vergrub ihre Hände im Nichts, bis der scharfe Schmerz der abgekauten Fingernägel in ihren Handflächen sie zusammenzucken ließ.

Sie war nie so gewesen. Nie. All die Jahre nicht. Sie hatte ihm irgendwo nachgetrauert, das schon. Aber den Verlust wirklich realisiert, das hatte sie nie. Bis es irgendwann zu spät gewesen war.
Kälte. Gnadenlose Kälte.
Überall. Hier draußen auf der Klippe, in ihren Tränen, in dem Ozean, der in seinen Augen gegen den Sturm gekämpft hatte. Kälte in ihrem Herzen. Und natürlich in dem simplen Verlust.

Sie hatte ihr Herz für ihn geöffnet und gar nicht gemerkt, wie er damit davongezogen war. Und sie hatte niemals gedacht, dass so wenige Worte ein Herz wie dünnes Porzellan zerschmettern konnten. Im Bruchteil einer Sekunde.

Dünne, grazile Finger. Kalter Wind auf seltsamerweise immer noch warmen Wangen. Fallender Regen, Regen ins Bodenlose.

Sie war auch ins Bodenlose gefallen, als er die Worte gezückt und ihr entgegengeworfen hatte. Sie war knallhart auf dem Boden der Tatsachen aufgeschlagen. Und jetzt krümmte sie sich immer noch zusammen und versuchte irgendwie das Gefühl von Leere zu vertreiben.

Anscheinend hatte sie sich immer noch Hoffnungen gemacht, obwohl er schon längst verloren gewesen war. Sie war wie ein gefälliges Schmuckstück gewesen, das er schon längst abgelegt hatte, nachdem sie jahrelang verbunden gewesen waren. Er hatte sie nur noch eine Zeit lang in der hohlen

Hand gehalten, bevor er sie mit einem beinah hinterhältigen Grinsen über der Klippe fallen gelassen hatte.
Und das nur mit so wenigen Worten. Worten, die aufgrund ihres Gewichts schnell ins Bodenlose verschwanden, aber trotzdem im Gedächtnis geblieben waren.

Sie hatte ihn verloren. Entglitten war er ihr über die Jahre hinweg. Aber wann war er nur so grausam geworden? Sie wusste es nicht. Sie wusste nichts mehr. Spürte nur noch die Tränen in ihren Mundwinkeln. Sie stand auf und versenkte ihre Hände in den Hosentaschen. Untätig. Unter ihr rief die Gischt.

Alina Linscheidt

Vergänglichkeit

Vergänglichkeit. Das war alles, was ihm dazu einfiel. Eine Kolonie von jungen Löwenzahnpflanzen würde einheitlich das Schicksal einer Pusteblume ereilen, damit schlussendlich ein zarter machtvoller Windstoß alle Spuren der ehemals sonnengelben Blüte hinfort zerren würde. Der Bach würde irgendwann wieder einfrieren und das fröhliche Plätschern verstummen. Bald würde sich eine schwere Wolke vor die Sonne legen und die ungewohnte helle Wärme an seinem rechten Ohr nur Erinnerung sein lassen.
„Benny!“, rief er. War das wirklich seine Stimme? Dieser rostige Klang, der gänzlich von seinem Labrador ignoriert wurde? Er verspürte ein altbekanntes Kribbeln in der Nasenspitze. Eilig fuhr er sich mit zwei Fingern über den Nasenrücken, um die neu erwachten Pollen nicht gewinnen zu lassen. Er würde die inzwischen spröde gewordene Bank

neben der alten Eiche heute nicht mehr erreichen. Endlich kam Benny aus den von Schneeüberbleibseln durchnässten Hölzern an der linken Seite des Spazierpfades hervor. Er befestigte die Leine am Halsband. Der Hund, der früher deutlich gehorsamer gewesen war, sollte den Rückweg nicht noch weiter hinauszögern.
Er stellte sich vor, wie seine Frau in einen Handwerkerkatalog sah, um eine Tapete für das neue Kinderzimmer zu wählen. Er sah seine kleine Tochter vor sich, die am Küchentisch ihre Hausaufgaben machte und über das kleine Einmaleins klagte.
Gerade wollte er an die Tür des Hauses klopfen, besann sich jedoch, da ihm der Schlüssel in der Jackentasche einfiel. „Ich bin zu Hause!“, rief er durch die geöffnete Tür. Keiner antwortete. Stille. Nur Stille, die schmerzhaft in seinen Ohren dröhnte. Natürlich interessierte es niemanden, nicht einmal die Wände, dass er wieder zu Hause war.
Wie lange war es jetzt her, dass seine Frau auf diesen Ausruf geantwortet hatte? Das Haus war inzwischen renoviert worden. Der neue Anstrich, ein beißendes Zitronengelb, fing mittlerweile auch schon an abzublättern. Eines dieser Ereignisse, die sich durch das Leben zogen, wie Kondensstreifen von Flugzeugen den blauen Himmel zerrissen. Und geblieben waren nur Benny und er.
Er füllte dem Hund Futter in den Fressnapf und starrte aus dem Fenster. Immer noch: strahlend blauer Himmel. Dieses Trugbild, welches einem Harmonie und Glück vorgaukelte. Ihm war eine herbstliche, dunkelgraue Atmosphäre lieber. Diese war realistischer und zeigte, wie das Leben wirklich war, statt es mit falschen Saphiren zu schmücken, die irgendwann abfielen.
Sie war es, die letztlich jedes Leben zeichnete. Ein stiller Fluch, dem niemand entfliehen konnte. Das einzige, was wirklich Bestand hatte in dieser Welt. Die Vergänglichkeit.

Annemarie Neumann

Begegnung

Sie bekam endlich wieder genügend Luft, obwohl sie schon seit fünf Minuten in dem Linienbus saß. Sie hätte den Bus fast schon wieder verpasst. Der Bus war mal wieder mit allen möglichen Menschen vollgestopft. Kinder schrien herum, andere telefonierten laut und unterhielten sich über Sachen, die eigentlich niemand wissen wollte. Zum Glück bekam sie durch ihre Kopfhörer nicht so viel mit, die gefühlvollen Klänge der Ballade beruhigten sie. Der Linienbus transportierte aber auch noch eine andere Sorte Menschen, die Ruhigen, die, die einfach nur da saßen und aus dem Fenster blickten. Diese Menschen waren ihr immer noch am liebsten, die störten sie wenigstens nicht.
Sie sah aus dem Fenster, sie sah grüne Weiden, kleine Waldstücke und ein paar vereinzelte Kuhherden an sich vorbeiziehen. Erst jetzt bemerkte sie, dass jemand sie anstarrte.
Er saß schon seit einer Weile auf dem harten unbequemen Plastiksitz im Bus. In seiner rechten Hand hielt er einen großen Strauß voller roter Rosen, die noch schützend mit dem Papier eines Blumengeschäfts umwickelt waren. Er saß einer jungen Frau gegenüber, sie erinnerte ihn an seine Frau, als sie noch jung war. Sie hatte das gleiche nussbraune Haar, es war genauso leicht gelockt und fiel in ruhigen Wellen über ihre Schultern. Ihre Kleidung schmiegte sich sanft an ihren zierlichen Körper. Ihm fiel auf, dass er die junge Frau schon viel zu lange anstarrte, er wendete seine alten, blauen Augen schnell von ihr ab. Es war ihm total unangenehm, dass er sie so lange angeschaut hatte, doch diese Ähnlichkeit faszinierte ihn. Er hatte sich immer schon eine große Familie gewünscht, mit lachenden und tobenden Kindern. Dieser Wunsch war ihm jedoch leider nie gewährt worden.

Sie war froh, als sie merkte, dass sie nicht mehr angestarrt wurde, so was machte sie immer unglaublich nervös. Sofort beschlich sie das Gefühl, dass irgendwas mit ihr nicht stimmte, als wäre irgendwas komisch an ihr. Noch drei Stationen, dann musste sie aussteigen. Im Bus war es durch die vielen Menschen ziemlich warm geworden, sie zog ihren dunkelgrauen Wollschal aus und stopfte ihn in ihre große schwarze Sporttasche. Sie sah den riesigen Strauß mit den roten Rosen, die ihre ganze Pracht zeigten, die der alte Mann in seiner rechten Hand fest umklammert hielt. Sie betrachtete nun auch den Mann etwas genauer. Ausgeprägte Falten im Gesicht und eine große knollige Nase, aber was sie am meisten faszinierte, waren seine tiefen blauen Augen, die so viel Liebe und Wärme ausstrahlten. Die Sitze waren wirklich nicht für lange Fahrten geeignet, sie rutschte ein paarmal hin und her, fand aber trotzdem keine bessere Sitzposition. Ihr Blick fiel noch einmal auf den Strauß Rosen, und sie fragte sich, für wen dieser Strauß wohl sein mochte. Sie hoffte, dass es einen guten Grund für die Blumen gab, sie wusste, was es bedeutete, verletzt zu werden und dass es für manche Dinge keine Entschuldigung gab. Bald müsste sie aussteigen, doch eigentlich wollte sie gar nicht nach Hause. Sie bemerkte noch, dass der Mann am Krankenhaus ausstieg, doch schnell musste sie sich wieder darauf konzentrieren, was sie zu Hause erwartete.

Alina Linscheidt

Verloren oder gefunden

Sollte sie lachen? Sollte sie weinen? Sie wusste es nicht. Sie wusste nur, dass sie sich schnell ihre Mütze, ihren Schal und ihre Handschuhe anziehen wollte, was sie in ihrer Eile nicht

mehr geschafft hatte. Die winzigen Schneekristalle, die sie an ihrer freien Hand spürte, schienen beinahe wie mikroskopisch kleine Dolche auf sie einzustechen. Mütze, Schal und dergleichen halfen dagegen. Doch was schützte sie vor dem Schmerz in ihrem Herzen? Wie ein Käsemesser in einem Laib Gouda schien er festzustecken. Nein, vielmehr wie das legendäre Schwert Excalibur im Felsen.
Sie wollte jetzt nur weg von hier. Sie hatte genug gesehen. Unruhig stapfte sie durch den Pappschnee, der an ihren Stiefeln hängen blieb. Früher hatten ihre Schwester und sie daraus fast eine ganze Population von Schneemännern gebaut. Zuhause... Ihre Familie...
Der wärmende Gedanke daran ließ sie kurz den Schmerz vergessen, den er ihr zugefügt hatte. Ja, auf dem Land konnte man in wunderbar weißen Schneelandschaften herumtollen. Hier, acht Stunden von ihrem Zuhause entfernt, gab es, kurz nachdem wieder Schnee gefallen war, nur braunen, nassen Schneematsch. Durch diesen eilten täglich Hunderte, wenn nicht Tausende von Menschen, die ihr egal waren. Menschen, die sie nicht kannte, da sie hier selbst die Fremde war.
Er hatte hier hinziehen wollen, sie nicht. Und jetzt das. Es schien beinahe so, als hätte sich die ganze Welt gegen sie gerichtet. Und einen Kampf, allein mit dieser, konnte man nur verlieren. Ihr Job, den sie seit zwei Monaten innehatte, machte sie wahnsinnig. Zwar konnte sie dabei sitzen, es war körperlich nicht anstrengend, doch das ständige Piepsen des Scanners und die ungeduldigen Kunden, die ihre Ware mit nach Hause nehmen wollten, ließen die Reue über ihre Entscheidung mehr und mehr wachsen. Gerade jetzt, in der Vorweihnachtszeit, kamen die Leute in Massen, mit massenhaft schlechter Laune, und steckten sie mit ihrem Stress an. Eine schreckliche Zeit, wo doch Weihnachten ironischerweise eine Zeit der Ruhe und Besinnung sein sollte. Und der Liebe. Ja, das hatte sie in den Augen der beiden gesehen.

Sie war früher als geplant aus dem Einkaufszentrum gekommen, da eine Kollegin mit ihr die Schicht getauscht hatte. Schon aus dem Flur hatte sie die beiden durch die geöffnete Küchentür gesehen. Sie hatten sie offenbar nicht kommen hören. Sie schienen glücklich, als würde es nur sie beide auf der Welt geben. So verhielten sie sich auch. Sie selbst war zu viel, das fünfte Rad am Wagen.
Und das nach allem, was sie für ihn getan hatte! Bevor sie wusste, was sie tat, hatte sie auch schon den rechten Handschuh abgestreift und sich den Verlobungsring, dessen Diamant wahrscheinlich genauso falsch wie seine Liebe war, vom Finger gerissen. Er flog sehr weit und landete in dem eiskalten Wasser der Spree. Einen kurzen Augenblick lang verspürte sie Reue und Verlust. Doch nur einen kurzen Augenblick. Die schlechten Gefühle wichen nach und nach einem ungeheuren Gefühl von wiedererlangter Freiheit.
Sie sah auf den Fluss, der auch durch ihre Heimat floss. Er würde sie dorthin zurückführen. Sie musste nicht mehr so leben wie bis jetzt. Sie war an niemanden mehr gebunden.
Dieser Gedanke zog endlich den stechenden Dolch heraus. Um ihren Verlobten trauerte sie kaum noch. Sie spürte eher Wut als Trauer, doch die, wusste sie, würde bald verfliegen. Einige Passanten sahen sie verwirrt an, als sie sich entschied, zu lachen.

Lisa Hoellger

Without saying a word you can light up the dark

Frieda drängte mühsam die Tränen zurück und setzte ein breites Lächeln auf, das hoffentlich alle in ihrer Umgebung über ihre wahren Gefühle hinweg täuschte, die sich in ihrem Herzen eingenistet hatten, sogar ihre Freundinnen.

Sobald Sina freudig strahlend und ebenfalls mit Tränen, wenn auch ganz anderen, in den Augen, die Urkunde in Händen, wieder bei ihr ankam, stand sie auf und schloss sie mit einem fröhlichen »Herzlichen Glückwunsch!« in die Arme, bevor Sina von den anderen belagert wurde. „Du hast es verdient."
Sina löste sich von ihr und nickte. „Danke!"
Frieda verschränkte die Arme und beobachtete, wie Sina von allen im Umkreis beglückwünscht wurde und immer mehr Fremde zu ihnen strömten, um ihr zu gratulieren.
Wieder traten Tränen in ihre Augen und der Kloß in ihrem Hals wuchs so weit an, dass sie kaum noch schlucken konnte. Einen Moment lang schloss sie die Augen und die mit dem Lachen, den Glückwünschen und dem allgemeinen Stimmengewirr unterlegte Dunkelheit ließ ihren Wunsch nach Flucht nur noch größer werden.
Sie atmete einmal tief durch, dann schob sie sich an den anderen vorbei in Richtung Ausgang.
Kalte Luft schlug ihr entgegen, als sie die Tür öffnete.
Sobald diese lautstark hinter ihr ins Schloss fiel, verstummte die Geräuschkulisse der Aula, und die Stille, die für diese Jahreszeit so typisch war, legte sich um sie.
Fröstelnd schlang sie die Arme um ihren Oberkörper und schaute hinaus in die von vereinzelten Lichtern durchzogene Dunkelheit, atmete die nach Schnee riechende Luft ein.
Als die Tränen schließlich über ihre kalten Wangen kullerten, weinte sie nicht, weil sie so enttäuscht war. An dieses Gefühl hatte sie sich inzwischen gewöhnt.
Sie weinte, weil alles wie immer war.
Immer war sie diejenige, die anderen gratulierte und wie ein Trottel daneben stand, während jemand anderes im Mittelpunkt stand und seinen Erfolg genoss.
Immer musste sie die Enttäuschung, die Wut und die Traurigkeit herunterschlucken.

Es war nicht so, dass sie es ihren Freunden nicht gönnte – zynisch gesehen waren es wohl besser sie als irgendwelche Fremde. Nur fehlte ihr so jemand zum Reden.
Und überhaupt, wann hatte sie das letzte Mal ungläubig glückstrunken gestrahlt, wann war sie das letzte Mal beglückwünscht worden, weil sie es verdient hatte, wann hatte sie das letzte Mal den Ruhm genossen?
Sie erinnerte sich nicht mehr.
„Das ist doch nicht fair", murmelte sie in die Dunkelheit und beobachtete, wie einige Lichter, die wohl zu Zimmern gehörten, gelöscht wurden, während die Straßenlaternen einsam gegen die Dunkelheit ankämpften.
Eine Wolke verdeckte den Mond.
Jemand öffnete die Tür, doch sie drehte sich nicht um.
Kurz darauf wurde ihr eine Jacke über die Schultern gehängt. Sie reagierte nicht, atmete jedoch den vertrauten Geruch ein und wusste, wer so nah hinter ihr stand, dass sie seine Körperwärme spüren konnte.
Er blieb still stehen, umarmte sie nicht und sprach sie nicht an – ließ ihr die Zeit, die sie brauchte, ohne sie alleine zu lassen. Er kannte sie eben nach all den Jahren gut genug, um zu wissen, dass das genau das war, was sie nun brauchte.
Sie konnte ihn sich bildlich vorstellen, wie er unbeweglich dastand und über ihren Kopf hinweg in die Dunkelheit schaute.
Ihre Gedanken wanderten weg von ihm, zurück zu ihrem Problem.
Sie konnte nichts daran ändern – egal, wie oft sie sich gesagt hatte, sie müsse nur härter arbeiten, es hatte noch nie gereicht.
Aber sie konnte es nicht länger akzeptieren, wollte endlich einmal die Beste in etwas sein.
Wind kam auf, spielte mit ihrem Haar und strich über ihr Gesicht, trocknete ein wenig ihre Tränen, deren Spuren auf

ihren Wangen sich nun kalt anfühlten. Sie konnte sehen, dass die Wolken am Himmel weiter zogen, am Mond vorbei.
Es war nur so, dass sie offensichtlich in nichts die Beste war. Außer im Verlieren...
Sie seufzte. Irgendjemand musste diese Rolle wohl innehaben, warum also nicht sie, wo sie es doch schon gewohnt war? Irgendwann würde sie vielleicht etwas finden, in dem sie besser war als alle anderen. Solange musste sie also mit ihrer Rolle zurechtkommen.
Das Mondlicht beleuchtete nun den Hof und einen Moment lang betrachtete sie die neue Schattenbildung, dann drehte sie sich um und lächelte leicht zu ihm auf.
Er erwiderte das Lächeln sanft und trocknete mit seinen Fingern vorsichtig ihre Wangen. Er küsste sie zärtlich auf die Stirn. „Es tut mir leid."
Sie nickte. „Schon okay. Lass uns wieder reingehen, ja?"

Annika Deist

Nebel

Es verließ sie das warme, beruhigende Gefühl des gleichmäßig auf sie einprasselnden Wassers, als sie mit ihrem Fuß den kalten und alten Fliesenboden vor der Dusche betrat.
Mit einem Handtuch umwickelte sie ihren Kopf. So hatte sie es immer getan. Sie tat es aus Gewohnheit.
Langsam ging sie auf das cremefarbene Waschbecken zu. Über dem Waschbecken hing ein Spiegel. Er war neu, groß und kahl. Durch sein ernüchterndes Erscheinungsbild nahm er dem Raum etwas von seiner gewohnten Wärme und Geborgenheit. Durch die Hitze im Raum war er beschlagen, doch als der Dunst sich zurückzuziehen begann und damit

Stück für Stück ihr abgemagertes Gesicht freigab, hatte der Spiegel plötzlich etwas Bedrohliches. Mit jedem Zentimeter mehr, den sie von sich erkennen konnte, pochte ihr Herz schneller.
Als erstes erblickte sie einen faustgroßen blauen Fleck auf ihrer Schulter, dann einen viel zu spitz hervorstechenden Kehlkopf, sich abzeichnende Kieferknochen, eingefallene Wangen und zuletzt zwei tief in den Höhlen vergrabene, müde Augen. Auf ihrer linken Schläfe konnte sie Anzeichen eines weiteren blauen Flecks erkennen. Vielleicht würde er zur Abwechslung einmal lila werden.
Sie trat näher an die Person im Spiegel heran. Langsam hob sie ihren rechten Arm. Bei seinem Anblick wunderte sie sich, dass der Arm überhaupt noch stark genug war, diese Bewegung auszuführen. Sie zog sich das Handtuch vom Kopf. Noch vor vier Monaten wären ihr nun ihre braunen Locken auf die Schultern gefallen. Tag für Tag hatte sie damals zusehen müssen, wie sie eine Strähne nach der anderen verlor.
Jetzt war da nichts mehr. Ein kahler Kopf vor einem kahlen Spiegel.
Langsam ahmte sie die kleine, kaum nennenswerte Bewegung nach, mit der sie sich damals immer ihre widerspenstigen Locken aus dem Gesicht gestrichen hatte. Was war geworden aus dieser Frau? Ihr wurde schlecht. Ihr Magen verkrampfte, ihre Lungen schmerzten und in ihrem Mund sammelte sich Speichel. Sie würgte. Ihr Anblick machte sie krank, ließ sie schneller sterben als nötig. Wie ein Embryo kauerte sie sich auf dem Boden zusammen. Wie ein Wesen, das darauf wartete, leben zu dürfen, während sie spürte, wie der Tod sich neben sie legte.

Barbara Becker

Fernab

Er kam nach Hause. Er stand vor dieser großen, weißen Tür. Er schaute an ihr hoch und musste lächeln, als er die vielen schönen, verschnörkelten Details der Tür sah. Diese Tür konnte ihn auch noch nach drei Jahren täglichen Anschauens begeistern.
Er kramte in seiner Tasche, die überfüllt war vom vielen Krimskrams, den er immer mit sich führte. Taschentücher, Bücher, zerknitterte Blätter, lose Stifte und Fotos. Fotos von seiner alten Heimat. Als er den Türschlüssel endlich fand, nahm er ihn langsam aus seiner Tasche und schloss damit schließlich die Tür auf. Er blickte in seine Wohnung, wagte einen Schritt hinein und zog schnell die Tür hinter sich zu. Sein erstes Ziel war die Küche. Vollbeladen mit dreckigem Geschirr und den Resten vom Frühstück. Ihm machte das nichts aus. Er holte den Wasserkocher aus dem Regal, füllte ihn mit Wasser und schaltete ihn ein. Er legte seine Tasche ab und setzte sich ans Fenster. Seine Blicke schweiften über die rosa blühenden Bäume des Parks bis hin zum Nachbarbalkon. Er verlor sich in Gedanken. Er erinnerte sich. An diese vielen einzelnen kleinen Dörfer, die umringt von riesigen Laubbäumen waren. Man fühlte sich einsam, jeder Supermarkt war schlecht erreichbar. Kein Bus. Kein Zug. Selbst die nächste Sehenswürdigkeit war mit ihren hohen Türmen etwa 100 km entfernt. Riesige Waldflächen und auch nur sanfte Hügel sah er Tag für Tag. Tagein, tagaus. Er wusste noch genau, wie er sich dort gefühlt hatte. Sein sonst so geliebtes Stadtleben ließ ihn sich hier einsam fühlen. Sehr einsam. Keine Geräusche. Keine Menschen. Noch nicht einmal Kinder hörte man in den Hinterhöfen der Fachwerkhäuser spielen. Wie konnten andere Menschen hier gerne hinfahren, um sich zu entspannen, um vom

Stadtalltag zu fliehen? Wenn er sich erinnerte, bemerkte er keinerlei Anzeichen von Entspannung oder einer Flucht aus dem Alltag. Eher von Einsamkeit und anspannender Stille. Stille, die ihn innerlich auffraß. Diese Stille, die er dort immer verspürt hatte, verfolgte ihn bis heute noch. Er erschrak, als er den Lärm des Wasserkochers wahrnahm. Aus seinen Gedanken herausgerissen, stand er auf und bewegte sich zum Wasserkocher.

Norman Heiter

Die neue Vergangenheit

Dunkel und nass. Es regnete bereits seit mehreren Tagen, die Straßen waren überflutet mit Wasser, die Regenrinnen bogen sich schon bis zum Grund, die Nachrichten waren voller Wetterwarnungen. Wie sehr hasste er dieses Wetter, wie sehr wünschte er sich, noch einmal aus dem Fenster schauen zu können und das Leben zu genießen, während die Sonne auf den dreckigen Boden der Wohnung schien, welchen er seit Tagen nicht mehr geputzt hatte.
Bänker. Er war Bänker. Eigentlich liebte er seinen Beruf, denn er liebte den Umgang mit Menschen. Die Kunden liebten ihn für seine lustigen Witze, die er immer zur Belustigung während seiner alltäglichen Kundengespräche erzählt hatte. Auch wenn es immer dieselben Witze waren, hatte er selber immer über seine alten Witze lachen können. Doch irgendwie hasste er diesen Beruf auch, diesen alltäglichen Beruf, in dem er stets denselben Tagesablauf hatte. Mit dem alten Fahrrad aus Holland, welches er sich extra hatte anfertigen lassen für seinen Weg zur Arbeit, fuhr er somit täglich zur Arbeit. Deshalb hasste er auch so sehr dieses Wetter. Seit Monaten war er genervt, genervt von

allem. Nicht nur von seinem langweiligen Job und wegen des Wetters, sondern von allem. Sobald er nach Hause kam, legte er sich nur auf die Couch seiner vor ein paar Monaten verstorbenen Frau. Die rote Couch, die ihn schon beim Anblick traurig machte. So sehr diese Couch auch unbequem, durchgesessen und eingerissen war, wollte er sie nicht austauschen. Vielleicht war es die fehlende Motivation, die alte versiffte Couch seiner Frau auszutauschen, vielleicht war es aber auch die Couch an sich, die ihn mit seiner Frau verband, und die er eben deshalb nicht austauschen wollte, weil er sich sonst noch schlechter gefühlt hätte. Er wusste es selber nicht. Er wusste nichts mehr. Das einzige, was er wusste, war, dass er endlich nochmal glücklich sein wollte. Heute fuhr er nicht mit dem Fahrrad, sondern fuhr mit dem Auto, obwohl es nach Tagen endlich aufgehört hatte zu regnen. Als er eines Tages von der Arbeit kam, setze er sich nicht wie immer auf die alte unbequeme Couch, sondern fuhr in die Bar, in der er seine Frau kennengelernt hatte. Die Bar, die sich seit den letzten 20 Jahren nicht verändert hatte - insbesondere die alten Barhocker aus Holz und die alte Jukebox in der Ecke, die die alten Lieder noch immer abspielen konnte. "Ticket to ride" spielte sie, als er sich auf den knirschenden Hocker setzte. Er lernte neue Menschen kennen, begegnete auch alten Freunden wieder, mit denen er in der Vergangenheit schon zu tun hatte, die er aber länger vernachlässigt hatte. Er war glücklich. Er hatte nach langer Zeit endlich nochmal Spaß. Auch sein Alltag änderte sich und er begann wieder Spaß an der Arbeit zu haben. Das Leben begann für ihn wieder Spaß zu machen.

Barbara Becker

Ungewiss

Sie wachte auf. Plötzlich. Schlagartig. Schweißgebadet. Sie wusste nicht einmal, warum sie überhaupt aufgewacht war. War es das unangenehme Gefühl, von der Welt abgeschieden zu sein und nichts davon mitzubekommen, was um einen herum passierte? Abgeschiedenheit. Gleichzusetzen mit Einsamkeit? Sie wusste nicht, welches Gefühl ihr mehr Angst machte. Vielleicht war es auch eine Verbindung von beiden Gefühlen. Oder das eine gar eine Folge des anderen. War es denn nun wirklich das Gefühl von Einsamkeit oder das von Abgeschiedenheit, welches sie hatte aufwachen lassen?
Man würde es vermutlich gar nicht bemerken, wenn jemand im Zimmer stünde. Was würde sie wohl tun, wenn sie das Licht einschalten würde und dort jemand stünde? Groß. Schwarz. Kaum erkennbar. Würde es eine Frau oder ein Mann sein? Wäre das ein Unterschied für sie? Wäre die Person gefährlich? Würde sie ihr etwas antun? Sie hatte Angst. Angst. Ein großer Begriff für eine solch zierliche Person. War es die Angst vor der Dunkelheit oder war es die Angst vor dem Ungewissen? Sie wusste es nicht.
Sie drehte sich mit einem Ruck auf die Seite, zog ihr Kissen, die Decke und alles, was sich sonst noch um sie befand, über sich. Sie wollte sich verstecken. Vor der Dunkelheit. Vielleicht auch vor sich selbst und vor ihren Gefühlen. Der Versuch, wieder einzuschlafen, misslang. Ständig dachte sie über das Ungewisse nach, stellte sich selbst die Frage, ob sie das Licht einschalten sollte oder lieber nicht. War sie mutig genug, um über die Angst, die sie ohne großen Grund empfand, zu siegen? Oder war die Angst zu mächtig? Hatte die Angst sie im Griff? Oder hatte sie sich nur einfach selbst nicht im Griff?

Norman Heiter

Endlos

Ein gewöhnlicher Freitag. Tobias war wie jeden Tag in der Stadt unterwegs. Er mochte eigentlich diesen Platz, an dem er so weit hinaufschauen konnte und die beleuchteten Türme des 157 Meter hohen Gebäudes im Gotik-Stil betrachten konnte. Nicht nur die enorme Höhe, sondern auch die lange Bauzeit dieses Gebäudes beeindruckten ihn sehr. Er liebte seine Heimat. Die Heimat, die er nie verlassen wollte. Doch lange Zeit hatte er noch nie auf diesem Platz voller eingefressener Kaugummis und ätzenden Taubenkots verbracht, denn nach längerer Zeit nervte dieser Ort ihn dann doch aufgrund des Lärms und des heftigen Windes. Es war nun einmal der Weg, den Tobias zu seinem Stamm-Café machte.

Er kämpfte sich durch die Menschenmengen, die selbst abends noch dicht aneinander gereiht waren und einen Lärm machten, den er noch nie gut ertragen hatte. Überall Menschen. Wo er auch hinschaute, sah er nur Menschen. Menschen mit Kameras, Menschen mit kurzen Röcken trotz Wintertemperaturen, Menschen mit vollen Einkaufstüten Stunden nach Ladenschluss, aber auch Menschen, die vor den Geschäften saßen und um Geld bettelten. Wie sehr nervte ihn diese Straße zum Café hin. Doch im Café angekommen, wollte er sich nur noch entspannen, während andere Menschen das Fußballspiel der Zweiten Bundesliga schauten. Er setzte sich wie immer auf den Holzstuhl, der jedes Mal anfing zu knirschen, sobald man sich draufsetzte. Und trotz der rockigen Musik, welche er eigentlich auch hasste und welche typisch für das Hard-Rock-Café war, konnte er sich an diesem Ort am besten entspannen. War es vielleicht der Kaffee, den er dort immer bestellte, der ihn so entspannte? Schwarz, ohne alles, wie er ihn immer trank. Es

war jedes Mal der Kaffeeduft, der Dampf, der langsam nach oben stieg, bis in seine Nase hinein, und er glaubte, den Kaffee förmlich spüren zu können. Er nahm einen Schluck davon und genoss ihn; jeden einzelnen Tropfen seines Kaffees, wie er langsam durch seinen Mund glitt, durch die Speiseröhre, bis er ihn schließlich im Bauch spürte.
Doch in Wirklichkeit war es natürlich nicht der Kaffee, der ihn in das rockige Café hineinzog. Denn er wartete jeden Abend darauf, die Frau, welche er vor ein paar Tagen dort getroffen hatte, noch einmal wiederzusehen. Täglich wurde es spät, die Lieder rauschten schon langsam an seinen Ohren vorbei, denn er hatte sich allmählich an diese ätzende Musik gewöhnt. Doch er wollte nicht aufgeben, die Frau wiederzusehen und wartete jeden Abend. Jeden Tag.

Annika Deist

Warme Juli-Tage

Sie glänzte silbern. An einigen Stellen begann sie bereits zu rosten. Sie kam ihm länger und steiler vor als sonst. Vierzig Jahre lang war er diese Stufen auf und ab gegangen. Hatte auf ihnen Nägel in die Wand gehauen, das Haus neu gestrichen, seine mittlerweile verschollene Katze vom Pflaumenbaum im Garten gerettet.
Er ging nun schon zum dritten Mal zur Tür und überprüfte, ob sie abgeschlossen war. Guckte zum dritten Mal innerhalb der letzten sechzig Sekunden auf die Uhr. 23.30 Uhr. Überprüfte zum dritten Mal, ob die nun so bedrohlich wirkende Leiter fest auf dem Boden stand. Fragte sich, ob er den Herd ausgeschaltet und die Balkontür verschlossen hatte. Um diese Jahreszeit waren viele Einbrecher unterwegs.

Mit beiden Händen hielt er sich an der Leiter fest, die durch seine verschwitzten Hände noch kälter wirkte, und überlegte, ob er das Licht brennen lassen sollte. Ging zum Lichtschalter. Knipste das Licht aus. Machte es dann doch wieder an. Entdeckte Krümel auf der Küchenablage. Wischte sie weg. Rückte die frisch gegossenen, weißen Rosen auf dem Fensterbrett zurecht. Zog die Gardinen zu und stellte sich der Leiter wieder gegenüber. Er presste die Hände so fest zusammen, dass er spürte, wie das Metall sich in sein Fleisch bohrte.

Er betrat die erste Stufe. Erinnerte sich an seinen Hund Paul und an die langen Spaziergänge im Park an Tagen, die so waren wie der jetzige. Warme Juli-Tage. Erinnerte sich an die Tauben, die Paul immer gejagt hatte. Das hatte ihm Freude bereitet. Bis zu seinem Tod. Er betrat die zweite Stufe.

Erinnerte sich an seine Mutter und daran, wie er sie als kleines Kind beim Lesen beobachtet hatte. In ihrem braunen Ledersessel, der schon so durchgesessen war, dass man seinen harten Boden spürte, wenn man darauf saß. Wie sie ihren Zeigefinger an ihrer Zunge anfeuchtete und die Seiten umblätterte. Tag für Tag. Bis zu ihrem Tod.

Er betrat die dritte Stufe. An ihrer rechten Seite war ein kleines Stück abgebrochen.

Er erinnerte sich an seinen Vater und daran, wie wutentbrannt er gewesen war, weil sein Hochzeitsbild nicht an der Wand hängen blieb, wie er den Hammer genommen und damit auf die rechte Seite der dritten Stufe geschlagen hatte. Geschlagen hatte er immer viel. Schlagen konnte er gut. Bis zu seinem Tod.

Er betrat die vierte Stufe. Erinnerte sich an seine Frau und daran, wie sie im Schlaf immer geweint hatte. Erinnerte sich an die erste Fehlgeburt, an die zweite, an die dritte. An die Trauer, die ihren blauen Augen die Farbe nahm und an der er nichts ändern konnte. Bis zu ihrem Tod.

Er betrat die fünfte Stufe. Wusste nicht, warum, aber erinnerte sich an ein Zitat von Shakespeare: „ Ich will nicht lieben, wenn ich's tue, hängt mich auf; auf Ehre ich will's nicht!“
Er ließ die Leiter los, zog die Schlaufe fest, blickte ein letztes Mal auf die Uhr und ließ sich fallen. Shakespeare hatte er immer gemocht. Bis zu seinem Tod.

Debora Schild

Vergangene Zeiten

„Wie immer regnet es in dieser verfluchten Stadt“, fluchte er und betrat mit eiligen Schritten das Café. Steuerte auf seinen Stammplatz zu, rechts hinten am Fenster, dort hatte er seine Ruhe. Jeden Donnerstag. Immer um diese Uhrzeit. Er saß ganz ruhig am Fenster und schaute dabei zu, wie Touristen in gelben Regenponchos, genervte Mütter mit Einkaufstaschen, das Kind an der einen und den Regenschirm an der anderen Hand, vorbeiliefen. Die ersten Läden hatten seit einer halben Stunde geschlossen. Regentropfen prasselten gegen das Fenster.
Er bestellte einen schwarzen Tee, mit einem Spritzer Zitrone, wie jeden Donnerstag. Leise Jazzmusik drang aus den kaputten Lautsprechern nahe der Bar an seine Ohren. Es war derselbe Song wie damals. Damals, als er nicht alleine an einem Donnerstagabend im Café de Marine gesessen hatte. Alles schien so leer seitdem. Doch trotzdem packte es ihn jeden Donnerstag, hierher zu kommen.
Von der Jazzmusik abgelenkt, schloss er seine trägen Augen. Seine Gedanken bei ihr. Sieben Jahre – und es gab nicht einen Donnerstag, an dem er nicht an sie dachte. Die Haare, so dunkel wie eh und je, fielen auf ihren zierlichen Rücken.

Ihr strahlendes Lachen, ihre tiefblauen Augen und ihre Sommersprossen auf der Nase. So sah er sie vor sich. Was würde er nur dafür geben, mit ihr hier zu sein. „Dein Tee“, sagte die ihm mittlerweile bestens vertraute Kellnerin und riss ihn aus seinen Gedanken. Inzwischen hatte es aufgehört zu regnen und er beobachtete wieder mal die Menschen. Ihre Mienen hatten sich aufgelockert. Kinder sprangen fröhlich in die Regenpfützen.

Er versuchte seine Gedanken abermals zu konzentrieren. Was genau war in jener Nacht geschehen, als sie spurlos verschwand? Was hatte sie in ihren letzten Stunden, ihren letzten Minuten gedacht, bevor sie ihn für immer verließ? Warum nur war sie gegangen? Diese Fragen hatten sich über die Jahre fest in seinen Kopf eingebrannt, blieben aber unbeantwortet.

Plötzlich richtete sich sein Blick starr auf den Eingangsbereich. Eine Frau öffnete die Tür zum Café. Schloss ihren Regenschirm und schüttelte ihn. Sie trug einen beigen Mantel, dazu einen schwarzen Hut, welchen sie in diesem Moment abnahm. Die langen schwarzen Haare fielen auf ihren Rücken. Einen Moment lang war er wie versteinert, traute sich kaum zu blinzeln. Die große Uhr über ihm schlug beinahe so laut wie sein Herz. Locker und leichtfüßig ging sie zur Bar. Nun konnte er von der Seite ihr Gesicht erkennen. Sein Gesicht wurde wieder ausdruckslos. „Wieder nicht“, seufzte er.

Hannah Staemmler

Jahr für Jahr

Ein grauer Morgen. Der Nebel lag schwer auf den Straßen. Sie fuhr wie jeden Freitag um 7.30 Uhr zur Arbeit. Alle hatten dort dieses überaus übertriebene Lächeln auf den

Lippen. Das hielt sie nicht aus. Das war einfach zu viel. Ausgerechnet heute. Sie wollte nicht aussteigen. Schon beim Anblick der Tür bekam sie schlechte Laune. Sie wusste, was drinnen auf sie warten würde. Keiner konnte sie verstehen, keiner konnte nachvollziehen, warum sie so empfand.

Sie stieg aus und steckte, bemüht, sich zu motivieren, den Schlüssel in das Schloss, atmete noch einmal tief durch und drehte den Schlüssel um. Dann betrat sie schweren Schrittes den Raum. Den Kopf voll von schönen Erinnerungen. Sie zwang sich zu einem Lächeln.

Als die Tür mit einem heftigen Ruck zuknallte, kam aus allen Ecken des Büros ein überaus freundliches „Frohe Ostern!“. Doch sie konnte sich weder bewegen noch irgendetwas sagen. Ohne etwas von sich zu geben begab sie sich in ihr Büro. Sie entsorgte alle auf ihrem Tisch liegenden Schokoeier und die kleinen Hasen mit den riesigen Ohren in ihrem Papierkorb.

Auf die Schreibtischarbeit konnte sie sich kaum konzentrieren. Ihre Gedanken waren ganz woanders. Ständig versuchte sie einen klaren Gedanken zu fassen und sich auf die Arbeit zu konzentrieren. Doch es war einfach nicht möglich. Nicht heute. Jedes Jahr musste sie da durch. Sie konnte es einfach nicht vergessen. Sie vermisste ihn. Diese bunten Eier mit den bunten Verzierungen erinnerten sie jedes Jahr aufs Neue daran. Sie hasste diese Tage und besonders diese überaus glücklichen Gesichter. Jedes Jahr versuchte sie sich mit Arbeit abzulenken, versuchte nicht daran zu denken. Doch einfach war es nicht. Jedes Jahr aufs Neue hoffte sie einfach, dass die Ostertage schnell vorbei gingen. Und damit abzuschließen war leichter gesagt als getan.

Philipp Schneider

Kehrseite der Routine

Es fehlt das Ziel. Es fehlt die Antwort auf das Warum.
Auf dieser Bank sitzt er seit 42 Jahren jeden Tag – es ist die Zahl der Jahre, die verstrichen sind, seitdem er das Leben bewusst wahrnimmt. Diese Bank ist der Inbegriff seiner Heimat, dort hat er die Erkenntnisse finden dürfen, die ihm dazu verholfen haben, zu realisieren, dass es auf der Welt nichts gibt, das wir aus freiem Willen tun.
Die Bank. Umgeben von blühenden Krokussen. Zurückgelehnt sitzt er da und beobachtet die fußballspielenden Kinder. Zu seiner Linken tanzen die Mücken im gleißenden Sonnenlicht. Die Bank. Zu seiner Rechten fahren die Autos so schnell die Hauptstraße hinunter, dass ihm bewusst wird, dass er einer der wenigen ist, die eingesehen haben, es sei sinnlos, sich im Leben zu bemühen, da man es nicht einmal in seiner Freizeit selbst bestimmen kann. Die starken Birken in seinem Rücken spenden ihm Schatten.
Zu jeder Jahreszeit beobachtet er seine Umgebung präzise. Zu dieser Jahreszeit widmet er sich besonders den spielenden Kindern und den blühenden Blumen. Jedes Jahr wird ihm aufs Neue bewusst, dass die Kinder nicht mal im Entferntesten entscheiden, wie sie sich ihre freie Zeit vertreiben. Liegt Schnee, so bauen sie Höhlen aus selbigem, und Schneemänner, die diese bewachen. Die verzieren sie dann mit einem schwarzen Zylinder. Sind sie dann nach kurzer Zeit angewidert von der tristen Umgebung, können sie es kaum erwarten, dass die Blumen und Bäume sprießen. Dann können sie die Abende mit ihren Freunden auf der Straße verbringen und endlich ihre neuen Spielsachen, die sie zu Weihnachten bekommen haben, ausprobieren. Unzufrieden und wenig genügsam, wie man es ihnen vorlebt,

geben sie sich damit dennoch nicht zufrieden, sondern warten sehnsüchtig auf den Sommer und die warmen Temperaturen. Wenn die Sonnenstrahlen überwiegen und die Temperaturen in die Höhe schnellen, werden diese auch schnell verflucht.
All diese Beobachtungen lassen ihn an seiner Erkenntnis festhalten, dass nicht die Menschen darüber bestimmen, was sie machen, sondern, dass sie vielmehr bestimmt durch die Umstände sind.
Die Vergänglichkeit ist ihm bewusst geworden durch die Beobachtung der Blumen, unterwürfig und abhängig wie sie sind: Alljährlich ist zu sehen, wie sie nach kurzer Zeit verblühen. Es macht ihn aber nicht traurig, da er mit Bestimmtheit behaupten kann, dass sie im nächsten Jahr an genau der gleichen Stelle wieder blühen werden.
Es ist ihm möglich – bedingt durch seine routinierten Beobachtungen – eine Analogie zu dem Verhalten der Kinder herzustellen. Über Generationen hinweg sieht er sie schon dort spielen. Anders als den anderen gefällt es ihm nicht zu sehen, wie die Menschen die scheinbar angenehme Umgebung genießen. Nach seiner Ansicht wird gerade dann, wenn sie meinen, sie würden das Gefühl der Freiheit in sich tragen und Schmetterlinge im Bauch spüren, die Abhängigkeit am meisten deutlich.
Diese Berechenbarkeit der anderen nimmt ihm den Sinn des Lebens, da das Leben nichts Neues in sich birgt. Alles wird berechenbar, bestärkt durch einen inneren Motor der Natur und keineswegs aus freiem Willen handeln die Menschen, daher wird alles berechenbar und neue Ziele können nicht ausgemacht werden.
So sitzt er hier, Jahr für Jahr.

NOCH EINMAL SO ETWAS WIE GLÜCK

Annemarie Neumann

Glück

Sie starrte in den tief dunkelblau getauchten Nachthimmel, sie fragte sich, ob es stimmte, dass die Sterne unsere Nachtlichter waren und uns den Weg zeigten, ob sie uns führten und auf uns aufpassten. Es war schon nach eins. Sie stand vor der Gaststätte und fragte sich, wie es jetzt wohl weitergehen würde, sie kam aber nicht dazu, weiter darüber nachzudenken, denn plötzlich tippte sie jemand von hinten an. Sie drehte sich leicht verwirrt um und blickte in ein vollkommen fremdes Gesicht. Ein junger Mann in fast demselben Alter, vielleicht etwas älter, stand vor ihr und lächelte sie an.

Er hatte braune kurze Haare, die etwas zerzaust waren, vermutlich von der Party, außerdem trug er eine Jeans und ein weißes T-Shirt, auf dem schon ein paar Flecken zu erkennen waren. Sie fragte ihn, ob sie ihm helfen könnte, er ging nicht auf ihre Frage ein und erzählte ihr einfach irgendeinen Müll. Sie stellte fest, er war betrunken, mal wieder ein schief gegangener Flirtversuch, das würde er morgen früh bestimmt bereuen.

Sie schmunzelte, was Alkohol nicht so alles aus Menschen machen konnte. Sie war so in Gedanken, dass sie gar nicht mitbekam, was er ihr eigentlich noch so erzählte, aber auf irgendeine Weise fand sie ihn interessant, auch wenn sie nicht sagen konnte, was es genau war. Schließlich riss er sie aus ihren Gedanken und fragte nach ihrer Handynummer. Sie war etwas überrumpelt und wusste nicht, was sie antworten sollte. Er blickte ihr tief mit seinen unendlich blauen Augen in ihre Augen, sie verlor fast die Fassung, weil sie so fasziniert war.

Eigentlich machte sie so was nicht, einem völlig Fremden ihre Handynummer geben, doch sie tat es. Sie würde es vermutlich bereuen, aber in ihrer jetzigen Situation war es sowieso egal, es konnte nichts mehr schlimmer machen. Sie tauschten also ihre Handynummern aus. Er verabschiedete sich, nachdem er noch eine geraucht hatte. Sie fuhr dann auch endlich nach Hause und dachte gar nicht weiter über diesen komischen Typ nach.

Als sie so gegen neun aufwachte, schaute sie wie jeden Morgen erst mal auf ihr Handy und hatte eine Nachricht. Es war eine Nachricht von dem Typ von gestern Abend; sie hatte ihn schon vollkommen vergessen. Sie öffnete die Nachricht: „Hey ich bin's, Chris von gestern Abend, tut mir voll leid, dass ich dich so vollgequatscht habe!“ Irgendwie war sie verwundert, sie hätte nicht gedacht, dass er das noch mitbekommen hatte. Schon wieder musste sie schmunzeln. Sie schrieb ihm, dass es kein Problem gewesen sei, sie kamen langsam ins Gespräch. Ihre Texte wurden immer länger. Sie erzählten sich immer mehr. Irgendwie brachte sie dieser Mensch allein durch seine Nachrichten immer wieder zum Strahlen; endlich nach langer Zeit spürte sie noch einmal so etwas wie Glück.

Wer war dieser Mensch, der einfach in ihrem Leben aufgetaucht war? Was geschah da gerade mit ihr? Sie hatte sich doch geschworen, nicht mehr glücklich sein zu wollen, weil doch irgendwann immer der Zeitpunkt kam, an dem alles wieder zerbrechen würde, aber dieser Mensch machte sie so unglaublich glücklich. War das eine dieser Begegnungen, von denen die Menschen immer erzählten, bei denen man diesen einen Menschen traf, der dein ganzes Leben veränderte? So unendlich viele Fragen schossen ihr durch den Kopf. Vielleicht war er ja ihr Stern, der sie nun auf ihrer Reise begleiten würde, vielleicht war er ja das Nachtlicht, das sie nun Tag für Tag und Nacht für Nacht unterstützen und leiten würde. Vielleicht war er der Stern, der sie auf den richtigen Weg brachte.

Maike van der Hoek

Stars on Thames

Friedliche Stille. Eine unverbrauchte Nacht. Ihre Hand in seiner. Er lächelte. Ein unverbrauchtes, stummes Lächeln, beinahe ungewohnt. Als er sich zwang tief einzuatmen, spürte er die kühle Luft in seinen Venen. Ein angenehmer Kontrast zu der Hitze auf seinen Wangen.

Sein Blick war auf die Sterne gerichtet. Seine Augen brannten, doch irgendwie fühlte es sich gut an. Sie beide zwischen den Sternen. In der Ferne konnte er die Themse sehen, dunkel, schwarz und voller kleiner strahlender Spiegelungen. Stille umgab sie, füllte ihre Münder.

Er sah zu ihr hinüber, sah, wie das Glück in ihren Augen schimmerte. Sie beide. Allein auf der Welt. Ihre kleine Parkbank schien zu schweben. Und als er endlich ihre Hand nahm, fielen sie durch die Nacht.

Lisa Hoellger

Überraschungsgeschenk

Die Härchen in ihrem Nacken stellten sich auf und ihre Haut kribbelte, als sein warmer Atem ihren Nacken streifte. Er zog den Knoten noch einmal fester, dann trat er vor sie und nahm ihre linke Hand. „Siehst du noch was?"
Sie versuchte, durch den dicken schwarzen Stoff etwas zu erkennen. „Nein."
„Okay, dann können wir." Er zog sie sanft mit sich, und widerstandslos ließ sie sich von ihm führen.

Nach wenigen Schritten sagte er „Vorsicht, Treppe", und einen Moment später hörte sie das vertraute Knarren des Holzes, als er auf die erste Stufe trat.
„Ich weiß." Sie stieg langsam, aber mit sicheren Schritten hinter ihm die Treppe hinauf. „Luke, welchen Sinn genau hat es, wenn du mich mit verbundenen Augen durch das Haus führst, in dem ich seit 18 Jahren lebe und in dem ich mich auch im Stockdunkeln zurechtfinde, wenn ich mal wieder zu faul bin, das Licht anzumachen?"
Er lachte auf. „Wirst du schon sehen." Irgendwie wirkte er unsicher und nervös – seine Stimme klang nicht so fest wie sonst und sein Lachen klang schriller als normalerweise.
Dennoch zuckte sie nur mit den Schultern und grinste. „Wie gut, dass ich dir blind vertraue." Ein leises Klatschen verriet ihr, dass er sich die Hand vor die Stirn geschlagen hatte. „Der war schwach, Amy, wirklich schwach." Sie lachte leise. „Ich weiß." Dann fragte sie: „Wie lange brauchen wir denn? Nicht, dass die anderen sich noch langweilen."
„Noch eine Stufe, dann bist du oben."
Sie verdrehte die Augen, auch wenn es recht wirkungslos war, ersparte sich jedoch ihren Kommentar. Stattdessen hakte sie nach: „Also?"
„Weiß ich nicht, kommt ganz darauf an." Er blieb stehen, ließ ihre Hand los, legte seine Hände auf ihre Schultern und drehte sie um ihre eigene Achse. „Aber die kommen da unten auch ganz gut eine Weile ohne das Geburtstagskind aus."
In Gedanken stimmte sie ihm zu. Sie hatten schon gegessen und alle Geschenke ausgepackt, und nun kam ohnehin nur noch der Teil, in dem alle gemütlich zusammen saßen und sich unterhielten. Nur Luke hatte natürlich *mal wieder* aus der Reihe tanzen müssen und ein Geschenk für sie besorgt, das er nicht einpacken konnte. Was der einzige Grund dafür war, dass sie gerade hier am oberen Treppenabsatz standen, während die anderen unten weiter plauderten. Er hörte auf, sie zu drehen und sie wandte ihm das Gesicht zu, die

Augenbrauen hochgezogen. „Was sollte das denn jetzt bitte? Ich weiß immer noch, wo wir stehen, wir haben uns nicht vom Fleck bewegt."
Statt einer Antwort nahm er wieder ihre Hand und führte sie weiter, mit langsamen, vorsichtigen Schritten.
„Wenn das noch so eine Strategie ist, mich die Orientierung verlieren zu lassen, funktioniert sie nicht. Da..." Sie streckte den rechten Arm aus und ihre Finger streiften den Türrahmen „...ist das Badezimmer."
Er seufzte, antwortete jedoch nicht.
„Wenn ich wirklich nicht hätte wissen dürfen, wo wir hingehen, hättest du mich k.o. schlagen müssen, bevor wir hochgegangen sind." Sie stockte. „Ähm... danke, dass du das nicht gemacht hast. Hätte deinem Geschenk wohl auch eher geschadet."
Er blieb stehen.
Sie runzelte die Stirn. Sie hatte irgendwie damit gerechnet, dass er sie in ihr Zimmer bringen wollte, doch dafür hätten sie noch mindestens drei Schritte weiter geradeaus gehen müssen.
Auf dieser Höhe gab es nur eine Tür.
Sie versteifte sich, und in ihrem Magen verkrampfte sich etwas schmerzhaft.
Während Luke die Tür öffnete, die leise quietschte, weil sie kaum noch benutzt wurde, löste sie sich von ihm und ballte die Fäuste.
Er zog sie sanft am Handgelenk weiter und sie machte einen zögerlichen Schritt auf das Zimmer zu, dann blieb sie stehen.
„Luke, nicht..."
Sie spürte, wie er auf sie zutrat, dicht vor ihr stehen blieb und ihr sanft den Schal von den Augen zog. Blinzelnd schaute sie ihn an und schüttelte den Kopf.
„Bitte..." Er sah sie fest an, ein stummes Flehen in seinen Augen.

Sie biss sich auf die Unterlippe und schüttelte erneut den Kopf, folgte ihm jedoch, als er ihre Hände nahm und ihr voraus rückwärts in das Zimmer ging. Sie schaute ihm konzentriert in die Augen, wandte den Blick nicht ab und versuchte, nichts in dem Raum wirklich wahrzunehmen. Trotzdem kam die Flut der schmerzhaften Erinnerungen unaufhaltsam. Sie glaubte einen Moment lang, sein albernes, bellendes Lachen zu hören und sie lächelte leicht, bis ihr mal wieder bewusst wurde, dass sie es unmöglich jemals wieder hören würde. Dann sah sie beinahe vor sich, wie er sich, vor ihr laufend, mitten im Schritt zu ihr umdrehte und lachend rückwärts weiter ging. Seine Haare, die die gleiche Farbe wie die ihren hatten, folgten seiner Bewegung und wurden vom Wind ergriffen, so dass sie einen Moment senkrecht in der Luft standen, bevor sie verwuschelt wieder zum Liegen kamen. Seine grün-blauen Augen, die er eindeutig von ihrem Vater geerbt hatte, funkelten und er lachte *sein* Lachen.
Sie erinnerte sich genau: Er hatte sie ausgelacht, weil sie mal wieder über eine lose Platte des Bürgersteiges gestolpert war. Mit einem Kopfschütteln fasste sie sich und schluckte schwer. „Also, was wollen wir hier?"
Er ging ein paar Schritte weiter und sie folgte ihm automatisch. „Ich will", begann er, „dass du", er blieb stehen, „für mich spielst."
„Nein!" Ihre Stimme war laut, sie schrie beinahe. Sie versuchte, ihre Hände aus seinem Griff zu befreien und trat einen halben Schritt zurück.
„Nein, nein, Amy, warte!" Er hielt sie fest und überwand den Abstand zwischen ihnen wieder. „Hör zu, ich..."
„Nein", presste sie hervor und schüttelte den Kopf. Sie konnte es nicht verhindern, dass eine weitere Erinnerung aus der Flut auftauchte und immer schärfer wurde.
Sie selbst auf dem ihr so vertrauten Platz hinter dem so vertrauten Instrument, jedoch in einer vollkommen anderen Umgebung als sonst. Ihr war kalt gewesen, sie hatte trotz der

schwarzen Strickjacke gezittert, weil es eben eine innere Kälte gewesen war, gegen die keine Jacke der Welt helfen konnte, und hatte sein Lieblingslied gespielt. Wie er es sich gewünscht hätte.

Der Kloß in ihrem Hals wurde wieder größer und ihre Augen brannten.

„Amy", flüsterte er sanft und die Tränen liefen über ihre Wangen.

Er zog sie an sich und sie ließ sich dankbar in seine Umarmung fallen. „Glaub mir, ich will dir nicht wehtun, ich will dir nur helfen." Während er ihr über den Rücken strich, fragte er leise: „Vertraust du mir?"

Sie nickte, ohne zu zögern. „Natürlich."

„Dann spiel für mich. Nur ein Lied."

Sie reagierte nicht.

„Ich weiß, dass du es vermisst. Es hat einfach schon so lange untrennbar zu dir gehört, und ich kenne dich doch. Auch wenn du noch Musik hörst, hast du sie trotzdem irgendwie aus deinem Leben verbannt."

Noch immer zeigte sie keinerlei Reaktion, weil sie einfach nicht wusste, was sie tun sollte.

„Hör zu, ich möchte nur, dass du ein einziges Lied spielst. Und wenn du es dann immer noch nicht wieder willst, dann ist das okay. Dann darfst du es hier wegsperren und nie wieder ansehen. Aber erst dann."

Sie zögerte.

„Bitte."

Langsam nickte sie.

Er drückte sie noch einmal kurz fest an sich, dann ließ er sie los.

Mit unsicheren Schritten durchquerte sie das Zimmer, den Blick starr auf das helle Holz gerichtet. Sie brauchte nur drei Schritte, um anzukommen, doch mit jedem einzelnen zitterten ihre Knie und Hände mehr. Vorsichtig rückte sie

den Hocker nach hinten und sank darauf. Verblüfft stellte sie fest, dass sie gewachsen war und ihn neu einstellen musste. Ein vertrautes Gefühl stellte sich ein, als sie die Tastenklappe öffnete und mit den Fingern vorsichtig über die weißen Tasten fuhr, ohne jedoch einen Ton anzuschlagen.
Es tat weh.
Die Erinnerung tat wieder weh, tauchte wieder auf, obwohl sie doch gerade erst verblasst war. Sie schluckte. „Was soll ich denn spielen?", fragte sie, ohne Luke jedoch anzusehen.
„Was immer du willst."
„Ich hab' keine Noten."
„Wann hat dich das je gestört?"
Sie atmete tief durch und spielte mit der linken Hand den ersten Akkord, bevor sie auch mit der rechten Hand einstieg und die langsam fließende Melodie begann.
Trotz all der Monate, die sie keinen einzigen Ton gespielt hatte, brauchte sie keine Noten.
Nach den ersten Takten hörten ihre Hände auf zu zittern und sie wurde ruhiger, obwohl die Erinnerung immer noch da war und sich nicht vertreiben ließ. Auch das Gefühl der unbändigen Trauer konnte sie nicht abschütteln, doch es wurde erträglicher.
Unbewusst begann sie zu lächeln und spielte weiter. Es war so vertraut, so normal, so wie zu Hause zu sein, hier zu sitzen.
Sie beugte sich leicht vor, und ein Tropfen landete auf ihrem Handrücken.
Mit einem Stirnrunzeln schaute sie darauf, bemerkte erst jetzt, dass ihre Wangen noch immer feucht waren.
Sie vergriff sich und der Akkord war plötzlich disharmonisch.
Luke legte ihr eine Hand auf die Schulter. „Es tut mir leid, ich wollte dich nicht verletzen. Ich wollte dir nur helfen, ich dachte, du würdest – Es tut mir so leid. Komm, du musst

nicht..." Er sprach so schnell, dass seine Worte beinahe undeutlich wurden.
„Luke, nein, ist schon okay!", unterbrach sie ihn.
Ihre Wangen trocknend, sah sie zu ihm auf. „Du musst dich nicht entschuldigen. Ich muss mich nur bei dir bedanken!"
Seine Augen weiteten sich und er lächelte vorsichtig. „Wirklich?"
Sie nickte strahlend. „Der einzige Nachteil ist, dass ich jetzt mein Zimmer wieder umräumen muss..."

Maike van der Hoek

Vergiss es

Sie räusperte sich und sah auf ihren leeren Eisbecher. Eigentlich hatte sie es die ganze Zeit geahnt.

„Es tut mir leid."

Mühsame Worte, die sich zwischen sie drängten und sie für ihn unerreichbar machten. Er konnte seinen Blick trotzdem noch nicht von ihr abwenden; es war die Sonne, die ihre Haare zum Leuchten brachte, diese strahlenden Augen, ihre filigranen Finger, die mit dem schmalen Ring spielten. Den hatte er ihr vor Jahren einmal geschenkt. Als es noch anders gewesen war. Nicht so kompliziert. Nicht so... still. Wie lange er es geheim gehalten hatte. Sie war einfach so wunderschön.

Schatten schoben sich in seine Augen und er presste die Lippen aufeinander. Das Lachen, das ihm doch sonst so leicht von den Lippen kam, klang in ihren Ohren verbraucht.

Dieses Mal ersetzte es einfach nur seine Tränen, das wusste er.

Er bedeutete ihr so viel. Aber nicht so.

„Vergiss es einfach." Seine Stimme klang, wie erwartet, belegt, und kurz suchte er Ablenkung in der Betrachtung des kleinen Eisschirmchens, das noch immer eine heile Welt vorgaukelte. Hoffentlich würde diese Qual bald zu Ende sein. Anfangs war es noch schön gewesen – sie beide –, doch nun, mit diesen immer noch in der Luft schwebenden Worten, war ihm schlagartig eiskalt geworden.

Sie fühlte, wie ihr das Blut zu Kopfe stieg. Sie konnte kaum atmen, verstand erst jetzt, was er ihr eigentlich gesagt hatte. Was sie eigentlich direkt hätte verstehen sollen. Die offensichtlichen Hinweise miteinander hätte verbinden sollen. Die Worte waren zwischen ihnen erstarrt – erfroren –, sie zersprangen nun und hagelten in tausend eiskalten Splittern in sein Herz.

Die darauf folgende Stille erstickte ihn. Der letzte Rest des Spätsommers war für ihn schlagartig verblichen.

Obwohl sie die Wärme der Sonnenstrahlen noch auf ihrer Haut fühlen konnte, fröstelte sie. Der dunkle Ausdruck von Verbitterung hatte sich über seine Züge gelegt.

Sie war es wert gewesen. Den ganzen Aufwand, sie zu fragen, den ganzen Aufwand, seinen Mut zusammenzukratzen und alles in drei Worten wieder zu verschleudern.
Er atmete einmal zittrig und tief durch, bevor er die Stimme hob. „Können wir bezahlen?" Ablenkung war das einzige, was er jetzt noch gebrauchen konnte.

„Hör zu." Ihre Stimme forderte ihn immer noch heraus. „Es ist ja nicht so, als wenn.... als wenn ich... als wenn jetzt alles vorbei ist.... Ich kann nichts dafür..." Sie fühlte sich trotzdem schuldig.

„Denkst du, bei mir liegt die Schuld?" Frust abbauen, er fühlte schon, wie seine Zähne sich in seine Unterlippe bohrten und der Schmerz ihn beinahe wieder zurück zwischen die unerbittlichen Tatsachen zog.

Langsam schüttelte sie den Kopf. Irgendwie hatte sie gewusst, dass er das fragen würde. Dafür kannten sie sich jetzt schon zu lange. Aber bei wem lag die Schuld dann?
Natürlich konnten sie beide nichts dafür. Er atmete langsam durch und wiederholte dann ihre verhängnisvollen Worte.
„Es tut mir leid. Vergiss es einfach."
„Sam? Ich kann das nicht vergessen."
„Dann... Dann wirst du dich nur damit quälen. Vergiss es. Bitte."
Sie schaute auf den leeren Eisbecher und spielte mit ihrem Ring.

Debora Schild

Wiedersehen mit Komplikationen

Der Zeiger der Uhr rückte stetig weiter. 11.48 Uhr. Stau. Nicht schon wieder, dachte Marie. Noch drei Stunden und einige wenige Minuten, und ihr Flug, auf den sie bestimmt ein halbes Jahr gespart hatte, würde weg sein.
Sie bat den Taxifahrer, das Radio einzuschalten, in der Hoffnung, neben den schlechten Witzen des Moderators die Stauvorhersage zu hören. Sie sehnte sich so sehr nach einem

Wiedersehen. Doch nichts. Das einzige, was sie zu hören bekam, war ein Lied, das sie an vergangene Zeiten erinnerte. Der Taxifahrer drehte auf Maries Wunsch den Sommerhit des letzten Jahres von Calvin Harris lauter. Marie hoffte, so gedanklich dem Stau entfliehen zu können. Wegen der stickigen warmen Luft im Taxi, die ihr jede Chance zum Atmen nahm, machte sie das Fenster weit auf, und die Musik schepperte aus dem geöffneten Fenster. Marie sang das Lied fast fehlerfrei mit. Der junge Mann im Auto nebenan, welcher ebenfalls die Fensterscheibe heruntergelassen hatte, hörte Marie aufmerksam zu. Er fragte Marie, obwohl er es genau wusste, wie das Lied hieß, um auch seine Zeit im Stau sinnvoller zu verbringen, als Löcher in die Luft zu starren. „Wohin führt dein Weg?“, fragte der junge Mann. Marie erwiderte reserviert: „Ich bin auf dem Weg zum Flughafen. Nach Kanada. Zu meinem Freund!“. Fügte aber hinzu, dass ihr Flieger bereits in mittlerweile zwei Stunden und 55 Minuten abheben würde, was ihr Sorge bereite. Sie könne ihm nicht einmal Bescheid sagen, dass sie ihren Flug umbuchen würde, da er nicht zu erreichen war. Daraufhin grinste der junge Mann im Auto nebenan und bot ihr Hilfe an. Sie warf ihm einen kritischen Blick zu und fragte, wie er ihr denn helfen könne. Er entgegnete, dass er zum Flughafenpersonal zähle und mit Sondererlaubnis eine Abkürzung benutzen dürfe. Sie könne ja mit ihm fahren. Marie überlegte eine Weile, dass es schon gefährlich sei, zu einem fremden Mann ins Auto zu steigen. Aber blieb ihr eine andere Möglichkeit? Sie würde doch alles dafür tun, um John endlich wiederzusehen. Sie hatte neben ihrem Studium der Medienpädagogik, welches sie selber finanzieren musste, da ihre Eltern schon früh durch einen Autounfall ums Leben gekommen waren, noch zwei Jobs. Zum einen arbeitete sie tagsüber nach der Uni in einem Blumenladen von Verwandten. Dies hatte den Vorteil, dass sie ihre Arbeitszeiten ihren Vorlesungen an der Uni anpassen

konnte. Zum anderen arbeitete sie abends in einem Club hinter der Bar. Anders war es ihr nicht möglich, die Wohnung, das Studium und alles, was zum Leben dazugehörte samt ihrem Flug nach Kanada zu bezahlen.
Nachdem sie alle Vor- und Nachteile abgewogen hatte, entschied sie sich, dem jungen Mann zu vertrauen. Sie zückte ihr Portemonnaie, bezahlte den Taxifahrer und öffnete mit leicht verschwitzten Händen die Autotür des Taxis, schlug sie zu und bewegte sich schnellen, aber schweren Schrittes auf das fremde Auto zu. Sie öffnete abermals die Tür und setzte sich auf den Beifahrersitz. „Ich bin Marc", sagte er und streckte ihr die Hand hin, bevor sie sich setzen konnte. Seine Stimme klang warm und ehrlich. „Ich heiße Marie und übrigens danke, dass du mir hilfst!". Er nickte verständnisvoll, verließ schnell mit einer gekonnten Drehung die enge Schlange von Autos und steuerte auf eine Ausfahrt zu. Es war eine Enge, die sie vorher nie wahrgenommen hatte. Aber er behielt Recht. Nur 15 Minuten später waren sie am Flughafen angekommen. Doch in diesen 15 Minuten hatten sie so viel Spaß zusammen, dass er ihr ein kleines Kärtchen mit seiner Nummer zusteckte. Für den Fall, dass sie nochmal seine Hilfe benötigte.

Maike van der Hoek

Little Bits

Es war nicht unbedingt *das*, was sie so faszinierte. Nein, nicht unbedingt sein Aussehen. Eigentlich nur ein mehr oder weniger unbedeutender Faktor. Nur ein Bruchteil des Ganzen.

Unbedeutende Faktoren. Das ganze Leben bestand daraus. Aus Kleinigkeiten, mehr oder weniger groß, manche von der Größe einer Sekunde und wieder andere so groß wie das Geräusch eines leichten Sommerregens. In jedem Moment anders kategorisiert und bewertet.

In ihren Augen spiegelte sich für einige Sekunden das Leuchten seines Lachens.
Es perlte von seinen Lippen wie flüssiges Gold und drang in ihre Gedanken ein, jeden Widerstand unmöglich machend. Geblendet von seiner Fröhlichkeit sah sie weg, wieder zurück in ihr Buch. Die Buchstaben hoben sich kaum von den schmalen Sonnenstrahlen ab, was sie jedoch nicht wirklich störte. Unbedeutend.

Sekundenhafte Eindrücke. Ein Herzass, schräg zwischen die Seiten geklemmt. Ein mit Kugelschreiber umrandetes Zitat. Der vertraut klingende Name des Autors oben auf der Seite. *Sein* Name in ihren Gedanken. Die Farbe *seiner* Augen: blau wie ein unerreichbarer Himmel.

Er warf seine zwei letzten Karten auf den Tisch und kippte mit dem Stuhl zurück, die Hände hinter dem Kopf verschränkt. Verschmitzt grinsend. Die gewinnende Art, wie er Vorletzter wurde. Sie strich sich eine unsichtbare Strähne hinter ihr Ohr, schlug die Augen nieder. Blätterte zur Sicherheit eine Seite um. Schaute wieder hoch. Sah, wie er die Karten neu mischte. Beobachtete, wie er zwei davon unauffällig zur Seite legte und sie unter seinem Bein versteckte.

Sie musste grinsen. Keinem würde es auffallen. Nur sie fand es wichtig. So wichtig, dass dieser Moment es wert war, dass man sich daran erinnerte, obwohl er nur ein kleiner Teil des Ganzen war. Das war es, was sie so faszinierte. Die Details, die nur zusammengenommen perfekt waren, aber für sich selbst schon so komplex waren, dass man sie auch nur ansatzweise unmöglich erfassen konnte.

Ihre Blicke trafen sich. Er lächelte. Sie wurde rot, sah weg. Er wusste es. Das war das Schlimmste. Dieses Lächeln. Das sie einatmete und das sie von innen heraus verbrannte.
Warum konnte er kein Idiot sein? Warum musste er sie immer zum Lachen bringen? Es wäre so viel einfacher gewesen.

Sie schob das Herzass zurück zwischen die Seiten. Schlug das Buch zu, ohne sich die Seitenzahl zu merken.
Er schaute immer noch hierher. *Egal.* Von wegen.
Letztendlich brachte sie es zustande, kurz zurückzulächeln, bevor sie sich umdrehte.
Die Herzen wogen schwer in ihrer Hand.

Barbara Becker

Morgenglück

Es war ein kühler Morgen. Die Sonne erschien langsam hinter dem Wald, der vom morgendlichen Dunst verhüllt war. Dunkel, kühl und wartend auf die ersten warmen Sonnenstrahlen des Tages. Ich stieg aus meinem Bett, schlüpfte in meine Hausschuhe, denn der Boden war genauso kühl wie die Luft, die durch mein halbgeöffnetes Fenster strömte und mich langsam wach machte. Der Geruch von frisch gekochtem Kaffee stieg mir in die Nase. Ich streckte mich, gähnte, ließ meinen Blick ein weiteres Mal aus dem Fenster schweifen und machte mich auf den Weg, mit

dem schönen Gedanken, dass heute wohl ein atemberaubender Frühlingstag werden würde.
Unten wartete bereits mein Freund auf mich, der nicht nur Kaffee aufgeschüttet hatte, sondern sogar, zur Feier des Tages, an diesem Sonntag den Frühstückstisch gedeckt hatte. Mit seinen zerwuschelten Haaren, dem müden Grinsen und seiner leicht verwirrten Art machte er mich jeden Tag aufs Neue, ohne es selbst zu wissen, zum glücklichsten Menschen überhaupt. Womit hatte ich einen so wundervollen Menschen verdient? Ich ging auf ihn zu, begrüßte ihn und wir frühstückten ausgiebig.
Nicht viel später war ich bereits umgezogen und machte mich zu einem Spaziergang auf. Die noch kühle Morgenluft füllte meine Lungen und vertrieb die Schwermut des Winters aus meinem Körper. Der Winter war mal wieder viel zu lang gewesen und hatte meinem Körper und meiner Seele schwer zu schaffen gemacht. Doch nun? Überall um mich herum spross langsam grünes, frisches Gras aus dem Boden, die ersten Knospen an den Bäumen waren schon zu erkennen und die Sonne wärmte mein Gesicht. Der Winter war vorbei, ein neues Leben erwachte, es drang in meine Poren und erfüllte mich mit ungeahnter Kraft und dem Willen, die wagemutigsten Aktionen zu beginnen, Neues auszuprobieren und alle Sorgen hinter mir zu lassen.
Das ist Glück. Den Frühling zu sehen, ihn zu spüren, einfach mit allen Sinnen zu erfassen, geliebt zu werden, weiterzumachen und den grauen, tristen Winter im Herzen hinter sich zu lassen. Glück ist eine Blume, die nicht immer blühen kann, doch die, wenn sie blüht, wunderschön und gleichzeitig doch so zerbrechlich ist.

Frederick Erharter

Lucid Dreaming

Er spürte es. Heute würde es sicher funktionieren. Er hatte nun lange genug geübt. Er war bereit. Bereit, frei zu sein. Frei von allem.

Er ging in den Garten. Er beeilte sich, weil er so aufgeregt war und legte sich auf den kalten Liegestuhl auf der Terrasse. Warme Windböen streiften seine Haut.

Er schloss die Augen und überlegte noch einmal, worauf er achten musste. Was ihn erwartete, wusste er selber noch nicht. Er war aufgeregt.

Noch einmal hielt er sich die Nase zu und versuchte zu atmen. Er musste sich vergewissern, ob er wach oder bereits einem Traum verfallen war. Hätte er atmen können, wäre er in einem Traum gewesen. Doch er konnte nicht atmen, und damit war ihm bewusst, dass er wohl wach sein musste. Diese Überprüfung absolvierte er täglich mehrmals, damit er sie irgendwann vielleicht auch im Traum praktizieren konnte.

Er hätte so gerne einen Klartraum gehabt. Einen Traum, in dem er merkte, dass er träumte, und somit, ohne aufzuwachen, den Traum kontrollieren konnte. Das wollte er. Er wollte es so sehr. Er war aufgeregt.

Er hielt sich wieder die Nase zu und dachte bereits, dass es nicht funktioniert hatte. Er nahm einen tiefen Zug durch die Nase und realisierte, dass die warme Luft in seine Lunge eindrang. Er war schockiert: Es funktionierte. Er schlief, tief und fest, aber sein Bewusstsein war wach. Alles fühlte sich echt an. Wie in der echten Welt. LaBerge hatte Recht. Jetzt konnte er endlich frei sein.

Nils Fink

Frühling

Mit der aufgehenden Sonne kam die Wärme. Zwei Rotkehlchen flogen unbekümmert und frei durch die Lüfte. Hinzu kamen Vogelgesänge, die einen gelungenen Tagesanfang abzurunden schienen.

Er saß, wie jeden Morgen in dieser Jahreszeit, auf seiner Terrasse und trank einen Kaffee. Schluck für Schluck. Er hatte genau fünf Minuten Zeit, um sich zu entspannen und nicht an das zu denken, was ihn in der Firma erwarten würde. Bevor er den letzten Schluck Kaffee trinken konnte, fiel ihm eine Blume in den Blick. Sie ragte ganz allein aus dem ansonsten gleichmäßig und perfekt geschnittenen Gras heraus. Sie war nicht so wie all die anderen Pflanzen in diesem Garten. Er war auch nicht wie alle anderen. Die prachtvolle Blüte wurde von einem schmalen und unauffälligen Stängel getragen. Ihm gefiel besonders die rote Farbe, die zu den Blattspitzen hin langsam orange wurde.

Ein lauter, ruckartiger Ton unterbrach seine Konzentration. Sein viel zu teures Smartphone erinnerte ihn daran, wieder in die Realität zurückkommen zu müssen. Immer wieder fragte er sich, warum diese Mobiltelefone überhaupt erfunden worden waren. Man musste immer erreichbar sein. Man hatte nie Zeit für sich allein. Bevor er wieder der Routine des Alltags Folge leistete, warf er noch einen letzten Blick auf die für ihn so faszinierende Blume. Sie musste keinen Pflichten nachgehen. Sie war frei.

Norman Heiter

Spaziergang

Der Baum ist es, den Elsa so bewundert. Viele Farben, sowohl grüne als auch gelbe Blätter, die der Baum im Winter abgeworfen hat. Für sie ist es wie ein neuer Beginn des Jahres; die Tiere kommen aus ihren Verstecken und begeben sich auf Nahrungssuche.

Nun sitzt sie dort, ganz alleine... oder doch gar nicht so alleine, wie sie denkt. Dabei wollte sie damals immer mal alleine sein, weg von allem, weg von der Arbeit, weg von den Menschen, denen sie täglich begegnete. Doch was ist es eigentlich, wonach sie sich heute am meisten sehnt? Die Geschehnisse der Vergangenheit scheinen das zu sein, was sie am meisten vermisst heute, die täglichen Spaziergänge zum Beispiel durch den Nationalpark Eifel. „Was für eine schöne Landschaft", denkt sie sich. Sie schaut hinauf auf die vielen Bäume, die sich bergauf aneinander reihen. Sie schließt die Augen und konzentriert sich ganz allein auf die Geräusche im Park.

Vögel, die die Sonne mit Singen und Zwitschern begrüßen, Bienen, die die Blüten besetzen und den Nektar daraus saugen. Der Bach, der langsam durch die Eifel fließt, macht Geräusche, die sie irgendwie am meisten entspannen; es ist eine Art Beruhigung, die sie verspürt, während sie dem Plätschern des Baches lauscht. Als sie ihre Augen öffnet, steht sie auf, geht ein paar Schritte und schaut in die Landschaft. Plötzlich ist es ganz still - so still, als ob die Frühlingszeit zu Mittag ein Schläfchen halten würde. Nun steht sie dort. Sie breitet ihre Arme aus und schenkt den Sonnenstrahlen ein Lächeln, sie spürt die Wärme am ganzen Körper. Wie sehr der Park doch duftet, denkt sie sich. Der

Boden, er erinnert sie an ein Gewürz - würzig und süß. Oder ist es doch der Duft der Bäume, der durch den Park zieht? Sie ist sich nicht ganz sicher... Doch eigentlich ist es ihr auch egal... Glücklich und erholt geht sie langsam nach Hause.

Lucie Hannes

Lost and found

Ich saß auf meinem roten Sessel und sah nach draußen. Nach und nach glitten die bunten Herbstblätter langsam zu Boden. Rechts von mir war ein Bücherregal, das überfüllt mit Büchern war. Ich nahm mein Lieblingsbuch zur Hand, „Sieben Jahre", und begann zu lesen. Das Buch handelte von einem Mann, der sich zu einer Frau nicht hingezogen fühlen will, dem es aber nicht gelingt, sich von ihr zu lösen. Also gewiss keine klassische Liebesgeschichte, dachte ich. Und genau deswegen war es mein Lieblingsbuch. Jede Liebesgeschichte sollte etwas Magisches und etwas Unnormales haben. Heutzutage jedoch spielte in jungen Jahren die Liebe meist keine wichtige Rolle mehr. Wirklich Mühe um die Liebe machten sich wenige. Früher war das ganz anders gewesen. Man hatte nicht ständig an seinen Ruf in der Schule gedacht oder sich anders verhalten, nur um anderen besser zu gefallen. Nein. Man lebte einfach sein Leben und war der, der man sein wollte. Ich legte mein Buch weg und dachte daran, wie ich früher in diesem Alter gewesen war. Ich hatte nie an die große Liebe geglaubt und daran, dass man für eine Liebe kämpfen müsste. Eigentlich war ich nicht anders gewesen als die Jugend von heute. Jedoch hatte ich mich anders gefühlt. Meine Jugend lag schon einige Jahre zurück. Genauso wie das Wort Liebe, denn ich hatte meine Liebe verloren. Meine große Liebe. Mein Vater hatte immer gesagt: „Suche nicht nach der Liebe, denn die Liebe findet dich!“. Und das hatte auch gestimmt. Denn genauso war es passiert. So fand ich meine große Liebe. Und verlor sie auch wieder.

Dominik Fink

In diesem Café

Trist, nass und kalt. Das fiel ihm zuerst ein, als er seinen Blick ziellos und gedankenfrei durch die überfüllten Straßen streifen ließ. Er war nicht traurig. Auch nicht enttäuscht. Er hatte es akzeptiert, und das schon lange, bevor er sich dort hingesetzt hatte. Auch lange, bevor er befördert worden war. Bevor er all diese von Informationen, Zahlen und Stress geleiteten Menschen kennengelernt hatte und selbst zu einem von ihnen geworden war. Sogar vor seinem ersten Arbeitstag in seinem ersten Anzug. Naja, das billige Ding. Es gab keine ersten Male mehr. Nichts veränderte sich. Nichts würde sich noch verändern.

Nein. Er wusste nicht mehr, wann die Sinnlosigkeit im Leben ihn gefunden hatte. Nun saß er in diesem Café. Es war glanzpoliert und mit früheren Cafés nicht zu vergleichen. Er saß neben anderen Männern in Anzügen, die hektisch in die Tasten ihres Laptops tippten oder nervös in ihre Smartphones sprachen. Gespräche waren schon lange nicht mehr ihr Zeitvertreib. Sie waren eher unerwünscht.

Selten stachen Frauen aus der grau-schwarz uniformierten Masse heraus, die in ihren maßgeschneiderten Kleidern anscheinend derselben Beschäftigung nachgingen wie die Männer. Nur taten sie es noch ehrgeiziger, noch zielstrebiger, als hätten sie etwas zu beweisen. Vielleicht versuchten sie, irgendwann mal genau so kalt zu werden wie die Männer, aber er wusste es nicht.

Wie lange hatte für ihn keine Frau mehr eine Rolle gespielt? Eines war ihm sicher: Das war schon 'ne ganze Weile her. Sogar noch länger als der Tag, an dem die Akzeptanz der Sinnlosigkeit ihn vereinnahmt hatte. Er wusste, dass er schon einige Verabredungen ausgeschlagen hatte. Ein Mann mit Geld hatte immer Chancen. Aber was hatte das schon für einen Sinn.

Er trank einen Schluck von seinem Kaffee. Bald würde er zahlen und der immer gleichbleibenden Straße nach Hause folgen, die er inzwischen sogar blind hätte folgen können, ohne auch nur eine Minute später in seiner Wohnung anzukommen. Naja, dann wären es halt 23 Minuten, die er bis nach Hause brauchte.

Er griff nach seiner Jacke. Da merkte er es. Er wusste wieder, wie er den Sinn des Lebens verloren hatte: Er war 19 gewesen und glücklich. Die Schule hatte er gerade beendet, was ein ganzes Stück Arbeit für ihn gewesen war. Als er an die Schule dachte, musste er kurz schmunzeln, so dass der Mann nebenan ihn für den Bruchteil einer Sekunde über seinem Laptop hinweg anschaute, bis er sich kopfschüttelnd wieder seiner Arbeit widmete.

Sein Magen zog sich zusammen, und für kurze Zeit hatte er Angst zu ersticken. Er hatte mit seiner Freundin zusammenziehen wollen. Mit ihr gemeinsam ins Leben starten. Ihre Hand halten und nicht mehr loslassen. Sie hatte sein Leben erfüllt. Jede freie Minute hatte er bei ihr verbracht, oder wenn das nicht ging, sich überlegt, wann er es das nächste Mal konnte. Ohne den ständigen Gedanken an sie hätte er die Schule wohl kaum überlebt. Was war dann geschehen?

Ach ja, es stimmte. Sie hatte andere Pläne gehabt, bessere. Diese hatten ihn wohl nicht beinhaltet, und dann war sie abgehauen ohne jegliche Erklärung. Nicht mal ein Lebewohl hatte sie gesagt. Nichts. So hatte er die Frau verloren, in deren Augen er sich jeden Tag hätte neu verlieben können ohne jegliche Nachricht. Alle Wünsche und Träume für die Zukunft waren sinnlos gewesen. Alles Erreichte war sinnlos gewesen. Sinnlos wie jetzt auch.

Nils Fink

Lost and found

Leuchtend rot waren seine Wangen, als er in das Büro eintrat. Die Haare und Schultern nass vom Regen, der schon seit Wochen zu Boden fiel. Wie hatte er auch nur seinen Regenschirm vergessen können?
Dieselben Gesichter, derselbe Krach. Er fürchtete jeden weiteren Tag in dieser Hölle. Gestresste, unfreundliche Unterhaltungen wurden von den rund 30 Angestellten im Großraumbüro anscheinend bevorzugt. Je teurer der Anzug, die Uhr oder das Auto, umso unfreundlicher das Verhalten. Ein Gesetz, das er hasste.
Nasse Hände und schwache Knie beunruhigten ihn. Erstickend. Seine Füße hatten ihn unaufhaltsam und rücksichtslos zu diesem Platz getragen. Dasselbe Telefon, derselbe Stuhl, derselbe Computer. Die kleine Uhr am PC zeigte genau 7 Uhr. Also noch mindestens 8 Stunden. Nervös griff er in seine Tasche, vergewisserte sich, dass er seine Lucky Strikes eingepackt hatte. Direkt neben der täglichen

Kopfschmerztablette. Normal, hatte sein Arzt gesagt. Er spülte sie mit seinem Kaffee runter und empfand ein befriedigendes Gefühl.

Schon klingelte sein Telefon; sein Gegenüber schaute für den Bruchteil einer Sekunde auf. Nervte ihn dieses Geräusch auch? Er schaute noch einmal auf die Uhr. Wer es auch war, er konnte warten, bis er vom Rauchen wieder zurück war.

Draußen zündete er eine Zigarette an. Gott sei Dank gab es am Ausgang ein Dach, das mit gelblichem Moos nahezu komplett bedeckt war. Der Aschenbecher war überfüllt. Die Zigarettenstummel lagen mehrschichtig aufeinander. Er ekelte sich vor dem miefigen Geruch, vor dem schlechten Wetter und davor, wieder in den stickigen Raum, der hinter ihm lag, zu gehen. Er wusste, dass er irgendwann daran sterben würde. „Würde es jemand merken, wenn ich jetzt abhauen würde?“, überlegte er. Dieser Gedanke entlockte ihm eines seiner seltenen Lächeln.

Warum tat er sich das überhaupt an? Einfach weg. Er wollte so weit weg wie nur möglich. Dann fiel ihm ein, warum er es ertrug. Er tat es jeden Tag aufs Neue für seine Eltern, die vom ersten Tag an stolz gewesen waren, als er hier angenommen worden war und sich seinen ersten teuren Anzug für diesen Job gekauft hatte. Aber noch viel mehr arbeitete er hier für seine Verlobte. Diese Frau würde alles von ihm bekommen. Sein Geld, sein Leben, seine Liebe. Ohne jeden Abend neben ihr einschlafen zu können, wollte er sich ein Leben gar nicht mehr vorstellen. Auch über diesen Gedanken konnte er kurz lächeln, bevor er die Zigarette ausdrückte und zurück zu seinem Platz ging. Seinem immergleichen Platz für die nächsten 8 Stunden, für die nächsten 45 Jahre. Vielleicht.

Elias Bernardy

Vögel sind dumm

Raus. Einfach raus. Und nie mehr zurück. Laufen. So weit weg wie nur möglich. Alles hinter sich lassen. Alles vergessen. Hauptsache jetzt. Einfach nur weg von allem.
Dies waren wohl seine Gedanken gewesen, bevor er Hals über Kopf aus dem Haus hinaus aufs Feld lief. Das Haus in seinem Rücken wurde kleiner und kleiner. Nach einer Hügelkuppe fing er an zu keuchen. Er konnte nicht mehr. Das war zu viel Sport auf einmal.
Er ließ sich in das hohe Gras fallen, welches ihn sanft auffing. So konnte er nicht gefunden werden. Sollten sie ihn doch suchen gehen. Hier würden sie ihn nicht finden.
Er schaute in den Himmel und sah eine Schar Vögel, die wohl gerade aus dem Süden nach Hause flog. Der Winter war eigentlich vorbei, und eigentlich hatte er sich auch auf seinen Urlaub bei seinen Großeltern gefreut. Doch jetzt nicht mehr. Diese Vögel mussten wohl verdutzt schauen, wenn sie merkten, dass es hier immer noch kalt war. Wären sie wohl besser da geblieben, von wo sie kamen, dachte er. Da unten, irgendwo in Afrika oder so. Auf jeden Fall im Süden. Das wusste er.
Für einen kurzen Moment flogen die Vogelscharen so, dass ihre Schatten auf seine Augen fielen. Nur kurz. Danach blendete die Sonne grell seine Augen. Reflexartig zuckten sie zu. Er hätte sich doch besser wärmer anziehen sollen, grübelte er. Die Kälte wanderte, angefangen von seinen Armen und Beinen, in Richtung seines Rückens und seines Kopfes. Sein Pullover hielt ihn nicht warm.
Vögel, dachte er, Vögel dürfen alles. In alle Länder fliegen... ohne Grenzen. Warum konnte nicht jeder ein Vogel sein? Und die Vögel verstanden das noch nicht einmal. Was brachte es einem, grenzenlose Freiheit zu haben, ohne das

überhaupt zu wissen, fragte er sich. Die waren einfach zu dumm, um das zu genießen! Wäre ich ein Vogel, dann wäre ich wenigstens dankbar! Diese Gedanken schwirrten ihm durch den Kopf.
Er stand auf, drehte sich um und sah, wie die ersten Vögel hinter den Baumwipfeln des nahegelegenen Waldes verschwanden. Er merkte, wie die Kälte unerträglich wurde. Beim nächsten Mal würde er sich besser vorbereiten, wenn er ausreißen wollte. Er entschied sich, wieder zurückzugehen. Erst auf dem Hügel angekommen, erkannte er, wie weit er weggelaufen war. Er ging los und kam müde und erschöpft an dem einsamen Backsteinhaus an. Weit in der Ferne konnte er sogar noch ein paar der Vögel sehen. Die würden wohl niemals müde. Ich weiß wenigstens, dass ich etwas Freiheit habe, ihr dummen Vögel, dachte er sich.

Alina Linscheidt

Erwartungen und Enttäuschungen

Er verließ den grauen Bahnhof. Die Wärme war schon längst mit der Sonne verschwunden. Ihn fröstelte es und er ging ein wenig schneller. Das war ohnehin nötig, denn die Bahn hatte ihn mal wieder im Stich gelassen. Jetzt zog sich der lange Weg vor ihm wie Kaugummi, der vom dreckigen Pflaster auch an seinen Chucks-Imitaten hängen blieb. Doch im Grunde hatte er es nicht eilig, sein Ziel zu erreichen. Eigentlich war ihm inzwischen alles egal geworden. Es war egal, wenn er jetzt zu spät kam. Sein müder Blick schweifte ziellos durch die Gegend. Fast alle Geschäfte waren inzwischen geschlossen. Doch trotzdem eilten noch einige Menschen durch die laternenbeschienene Innenstadt. Die ersten Bars und Diskotheken hatten geöffnet. Es war

Freitagabend und er musste noch hin. Was für eine Zeitverschwendung!
Sein Blick blieb an einem der steinernen Blumenkübel hängen. Darin lagen handbreit jede Menge rötliche Tannennadeln. Ein Ameisenhaufen. Hunderte, ja Tausende Ameisen, die organisiert und gemeinsam arbeiteten. Früher hatte er es sich genau so vorgestellt. Genau so hätte es kommen sollen. Alles sollte reibungslos ablaufen. Aber er selbst glich eher der einzelnen Ameise vor seinem Fuß. Allein und orientierungslos.
Er ging weiter, als er einen Schatten vorbeihuschen sah. Über ihm glitt ein Adler hinweg. Soweit er sehen konnte, hatte er keinen Ring am Fuß. Er genoss stolz seine Freiheit. Das hatte er sich vorgenommen. Aber tatsächlich blieb er, als er von zu Hause auszog, letztendlich so armselig wie die Viecher, die vor ihm flatterten. Diese Ratten der Lüfte, die zwischen Speichel, Erbrochenem und anderen ekelerregenden Dingen, die auf jedem Stadtboden zu finden waren, nach etwas Essbarem suchten. Ein Schauer fuhr über seinen Rücken.
Angewidert stieg er einige Stufen hinunter. Gleich würde es beginnen und er war noch längst nicht da. An einer kahlen Birke sah er ein rotbraunes Fellknäuel. Fleißig, immer auf der Suche nach Wintervorräten, so sagte man. Einen ähnlichen Eifer erwartete man auch daheim von ihm. Man sagte aber auch, dass diese Tiere die Verstecke der Nüsse wieder vergaßen, wenn es drauf ankam. Auch er hatte ein Gedächtnis wie ein großes schwarzes Loch. Es sog viel auf, das hinterher nicht mehr in seinem Kopf existierte.
Endlich kam er an. Markus aus demselben Semester wollte gerade hineingehen. „Daniel, da bist du ja. Und ich dachte, ich wäre schon spät dran. Hast du deinen Teil von unserem Vortrag geübt?" „Ja, natürlich." „Gut", meinte Markus erleichtert und ging zum Hörsaal. Daniel hatte das Referat völlig vergessen. Er würde improvisieren müssen.

Wie viele Jahre hatte er sich auf die Unizeit gefreut? Und nun sah er, wie sie wirklich war. Die rosafarbene Zuckerwatte vor seinen Augen war geschmolzen und hatte die bittere Realität in Erscheinung treten lassen. Ihm fehlte es an so vielem. Er drehte sich noch einmal um. Er atmete noch einige Züge tief ein und aus, als gäbe es in dem Gebäude keine Luft. Dann sah er ein, dass er gehen musste. Die Zeit hatte er jetzt lange genug hinausgezögert. Mit bleischweren Beinen setzte er seinen Weg fort und öffnete die Tür zur Universität.

Lara Mauel

Ausgeschaltet

Sie spürte den Wind in ihren Haaren. Mit welcher Leichtigkeit die dunkelbraunen Haare nach hinten geweht wurden. Geblendet von der Sonne, schloss sie ihre Augen. Erst als sie sie wieder öffnete, fiel ihr der Blütenstaub auf, der umherschwebte.

Ihr letzter Frühling war schon sehr lange her. Wie lange genau, wusste sie nicht. Sie hatte irgendwann das Zeitgefühl verloren. Doch nach dem Frühling hatte sie sich immer gesehnt. Nach der frischen Luft, die von Blütenstaub und dem Geruch nach Blumen geprägt war. Nach dem Wind, dem natürlichen Wind. Die Klimaanlage hatte ihr anfangs zu schaffen gemacht, doch sie hatte sich daran gewöhnt. Der Mensch war nun mal ein Gewohnheitstier. Man würde sich an alles gewöhnen. Früher oder später.

Sehnsucht. Nach der Sonne. Dieses flackernde Licht hatte sie irgendwann einfach ausgeschaltet. Daran hatte sie sich nicht gewöhnen können. Hätte sie wohl nie. Wieder spürte sie den Wind in ihren Haaren.

Annemarie Neumann

Endlich

Sie saß in einem Meer von Löwenzahn und Gänseblümchen, ein Wechselspiel aus gelben und weißen Blüten, die zu einem Bild verschmolzen. Ein wolkenloser hellblauer Himmel erstrahlte über ihr. Die Sonne wurde immer wärmer, überall krabbelte etwas herum.
Die derzeitige Situation war einfach gut, sie gab ihr eine Chance und sie fühlte sich endlich so frei, als könne sie alles Schlechte loslassen, als könne sie endlich fliegen, die Dinge von oben beobachten und merken, dass alle Probleme doch lösbar waren. Sie glaubte daran, dass sie endlich glücklich werden konnte, dass sie endlich alles schaffen konnte, dass sie endlich einen Schritt in die Zukunft machen könnte.
Sie dachte an das Zitat, das sie die letzten Monate jeden Tag begleitet hatte: „Jenseits von Angst und Schmerz fängt die Liebe uns auf, wenn wir fallen“. Es machte ihr Mut, dass sie endlich die Liebe gefunden hatte, die sie immer wieder auffing. Endlich die Menschen um sich herum hatte, die ihr gut taten, die für sie da waren. Endlich hatte sie Hoffnung und das Lachen wiedererlangt, das sie so lange vermisst hatte.
In einem leichten Windhauch wehten ihre langen haselnussbraunen Haare, ihre blauen Augen erstrahlten im Licht der Sonne. Wenn man genau hinsah, erkannte man Hoffnung und Liebe in ihnen, die neu entfacht worden waren. Und es war klar, dass sie das nicht mehr aufgab.

Philipp Schneider

Fragen

Und – was willst du nach der Schule machen?
Diese Beharrlichkeit, diese Ausdauer und dieser Eifer, mit der ihr diese Frage tagtäglich gestellt worden war, all das, wonach sie sich all die Jahre gesehnt hatte, wurde ihr nun zum Verhängnis.
Nachdenklich, eingeengt, fast zerdrückt, saß sie in ihrem winzigen Zimmer auf dem Dachboden, in das ihre Mutter sie damals verbannte. Zusammengekauert warf sie vorsichtige Blicke aus dem Fenster. Ihre Sicht war durch die Querstreben des Fensters beschränkt. Ihr Zimmer - kaum größer als eine Gefängniszelle. Die Ausstattung machte den Gedanken nicht unwirklicher.
Ihr Blick aus dem Fenster war geprägt von Leere. Erkennen konnte sie nur die Umrisse der Menschen, die über die Straße gingen.
Und - was willst du nach der Schule machen? Auf der Suche nach einer Antwort lag sie, vielleicht saß sie auch, angelehnt an ihren Schreibtisch. In ihrem Zimmer bildeten das Bett und der gegenüberstehende Schreibtisch eine Gasse, am Ende dieser Gasse befand Eva sich und konnte so aus dem Fenster schauen. Auf dem direkten Weg zur Türe waren es zwei Meter. Oft hatte sie sich vorgestellt, wie es wäre, wenn sie diese ein für allemal von außen schließen würde.
Während sie sich mit der linken Hand fortwährend durch die Haare fuhr, beantwortete sie mit der rechten die nervigen SMS mit einem unterschwelligen Pflichtgefühl, da sie genau wusste, wie es ist, keine Aufmerksamkeit zu erfahren.
Allmählich war draußen die Dämmerung hereingebrochen. Das Licht der Straßenlaternen, in dem die letzten Vögel fröhlich, frei und Eva faszinierend flogen, warf große, dunkle, schwarze Schatten in Evas kleines Zimmer.

Das Eintreten der Dunkelheit verlieh ihrem Blick Sicherheit. Unter diesem Schleier konnte sie ihre Gedanken klarer fassen. Dieses Gefühl, sie könne etwas empfinden, das vielleicht nicht im Detail der Wahrheit entspreche, nahm ihr die Angst. Es war ihr möglich, die einzelnen Blumen im Garten zu erkennen. Die kleinen Schneeglöckchen fielen ihr besonders ins Auge. Kaum größer als ihr Handy, dünne Blättchen, Knospen, so groß, wie zwei ihrer Finger breit waren. Eine kleine Kolonie stand am äußeren Rand des Gartens und war dennoch in der Lage, Wind und Wetter auszuhalten. Dies lag, so dachte sie, daran, dass um sie herum schützende größere Hecken standen.

Als sie ihren Blick neugierig hatte umherschweifen lassen, hatte sie begonnen, den Tag zu reflektieren, und so fiel ihr wieder ihr Gespräch mit ihrer Mutter ein. Ihre Mutter hatte ein völlig neues Interesse an Eva entwickelt. Jetzt, wo Eva die Schule bald beendet haben würde, sprach ihre Mutter sie jeden Tag auf ihre Zukunft an. Die abstoßende Zuneigung, die Eva auf die unmöglich zu beantwortende Frage erfuhr, war jene, die sie früher so vermisst hatte. Eine Träne war Eva nicht mehr imstande zu unterdrücken, diese Gedanken erschwerten ihr das Leben so sehr. Ihre durch die Tränen unterbrochene Reflexion des Tages hatte sich noch einmal auf das kurz zuvor Erlebte bezogen, und so erinnerte sie sich an die Vögel.

Sie raffte sich mühsam, erschöpft, aber dennoch kraftvoll auf, stieg in ihr Bett und starrte mit gläsernem Blick aus dem Fenster – in Gedanken an die Vögel schlief sie ein letztes Mal dort ein.

Hannah Staemmler

Der liebende Alltag

Erneut öffnete er den Wochenspiegel, der zuvor in den silbernen Briefkasten am Gartentor geworfen worden war. Er rückte die Brille auf seiner Nase zurecht und versuchte, sich auf die großen schwarzen Buchstaben der Schlagzeilen zu konzentrieren.
Doch seine Gedanken schweiften immer und immer wieder ab. Er legte den Wochenspiegel abermals auf den Eichentisch der kleinen Küche.
Dann trank er einen kleinen Schluck Wasser und stützte seinen Kopf auf seinen Arm. Er versuchte sich zu konzentrieren, doch seine Gedanken schweiften immer ab.
Er wollte wissen, warum es plötzlich so eigenartig war. Es war alles nicht mehr wie früher. Sie hatte immer gute Laune gehabt, mit ihrem wunderschönen Lächeln und ihren kleinen Grübchen an ihren Mundwinkeln, sie wollte immerzu Zeit mit ihm verbringen. Doch nun war alles anders. Warum, war ihm nicht bewusst. Dann nahm er erneut, schon ein wenig genervt, die Zeitung zur Hand und rückte noch einmal die Brille zurecht. Seufzend schlug er die Zeitung auf und fing an sie zu studieren.
Zunächst überschlug er die Wohnungsanzeigen, dann die Todesanzeigen und die gesamte Reklame, doch nach einer Zeit blieb er bei den Hochzeitsanzeigen hängen. Kleine Fotos verzierten die Anzeigen. Glücklich sahen die frisch verheirateten Paare aus. Kurz vor ihren Flitterwochen, mit einem breiten Grinsen im Gesicht. Genau wie er und seine Frau bis vor einiger Zeit. Doch nun hatte sich alles geändert.
Es war nicht mehr wie früher. Die schönen gemeinsamen Zeiten waren Vergangenheit. Er erinnerte sich an die romantischen Flitterwochen und die jährlichen Sommerurlaube in Schweden. Das kleine rote, typische

Schwedenhäuschen direkt am See, und unten am Wasser lag das kleine blaue Ruderboot. Wunderschöne Erinnerungen gingen ihm durch den Kopf. Wie glücklich sie gewesen waren, sie wussten nicht wohin mit der Liebe, alles war perfekt gewesen.
Sie waren nicht mehr dieselben. Es hatte alles nachgelassen, die Liebe war Alltag geworden, wenn man es überhaupt noch als Liebe bezeichnen konnte. Er kam nicht mehr gerne nach Hause. Er begrüßte sie, es gab Essen, und sie gingen schlafen. Ob es noch das Richtige war, wusste er nicht. Irgendwann würden sich die Wege vollständig trennen und jeder würde seinen eigenen Weg gehen, vielleicht.
Er wandte sich wieder der Zeitung zu. Als er hörte, wie jemand einen Schlüssel in das Schloss steckte, erschrak er und ließ die Zeitung prompt fallen.

Lisa Hoellger

Strom in der Dunkelheit

Ihre Augen brannten vor Müdigkeit, obwohl sie geschlossen waren. Sie rutschte auf dem Stuhl ein Stück nach vorne, was dieser ihr mit seinem typischen Quietschen quittierte. Ihre Füße drückte sie etwas fester gegen die Kiste, in der die Kabel verstaut waren und die mal wieder mitten im Weg stand, so dass die Rückenlehne des Schreibtischstuhls gegen den Schreibtisch stieß.
Die Tasse in ihren Händen war kalt, nur etwas brauner Schaum, der schon langsam verkrustete, zeugte noch vom Inhalt. In der Dunkelheit hinter ihren geschlossenen Lidern wanderten ihre Gedanken, während ihr Bruder mit dem Stimmen seiner Gitarre eine vertraute Geräuschkulisse bildete. Kurz sah sie ihn neben sich auf der Bühne. Seine

kurzen Haare, die die gleiche Farbe wir ihre hatten, klebten in Strähnen an seiner Stirn, auf der im Scheinwerferlicht Schweißperlen glitzerten. Er lächelte, seine Augen glänzten, seine Finger bewegten sich vollkommen selbstverständlich über das Griffbrett, drückten die Saiten herunter und führten das Plektrum über sie. Dann verlor sie das Bild jedoch in einem neuen Strom aus Gedanken; Erinnerungen an den vergangenen Tag blitzten auf.

Schon am Morgen hatte es geregnet. Um den Bus nicht zu verpassen, hatte sie rennen müssen und keine Zeit mehr gehabt, noch einen Schirm und eine Tüte zu holen. An der Haltestelle angekommen, waren sowohl sie als auch alle Blätter in ihrem Ordner durchnässt gewesen. In der Pause waren alle aus ihrem Freundeskreis, außer ihr selbst, zuversichtlich über die Zeit nach dem Abi redend, zu allen möglichen Terminen gegangen, und sie war alleine mit ihren unsicheren Gedanken zurückgeblieben. Seitdem sie eine Absage für das Volontariat in einem Tonstudio bekommen hatte, weil sie die Musik anscheinend nicht ernst genug nahm, wusste sie nicht mehr, was sie nach der Schule machen sollte, abgesehen von dem abstrakten Begriff »Musik«. Außerdem war ihr Abidurchschnitt ohnehin – wie es im Moment aussah – zu schlecht für die meisten Studiengänge, weil sie immer nur an die Musik dachte, anstatt zu lernen. Und dann hatte sie in Mathe nicht gewusst, wie Prozentrechnung funktionierte, woraufhin ihr Lehrer ihr einen Vortrag über ihr falsches Lernverhalten gehalten hatte, mit dem sie sowieso nichts erreichen würde.

Sie seufzte, und in genau diesem Moment öffnete sich mit dem typischen Schaben über die Fußmatte die schwere dunkelgrüne Metalltür, die auf der Innenseite mit den Postern von ihren Lieblingsbands und -künstlern, Bildern von ihnen selbst auf verschiedenen Bühnen und beim

Proben sowie mit Sprüchen über die Bedeutung von Musik vollgeklebt war.
Mit einem lauten Lachen platzten die anderen drei Mitglieder ihrer Band herein.
Während die Tür wieder mit dem vertrauten Klacken ins Schloss fiel, öffnete sie die Augen und setzte sich auf, die Füße noch immer gegen die Kiste gedrückt.

Frederick Erharter

Lost & Found

Er stellte sich die Frage täglich. Jeden verdammten Tag. Das machte ihn schon wütend. Er kannte die Antwort aber nicht. Er kannte die Antwort, die er schon seit einiger Zeit gesucht hatte, nicht. Es zerriss ihn. Schon wieder griff er zum alten Whiskey. Ob er ihm schmeckte, wusste er auch nicht zu sagen. Aber er tat ihm gut. Das eine Glas halbvoll, das andere Glas machte er so voll, dass es fast überlief, denn er war abgelenkt von dem Schriftzug auf der Flasche.
Jim... . Er stockte... So hieß doch auch der beste Freund seines Bruders. „Jim", sprach er leise vor sich hin, bis ihm bewusst wurde, dass das Glas bereits überlief.
„Es tut mir gut", sagte er sich und dachte über Jim nach, der früher oft bei seinem Bruder zu Besuch gewesen war. Er erinnerte sich gern an früher, er hatte viel mit seinem Bruder gespielt. Und mit Jim. Er sprach nicht gerne darüber, obwohl er Jim ziemlich ähnlich gewesen war. Er hatte sich immer dieselbe Frage gestellt, wie er auch. Bis zu dem Tag, an dem Jim zum Bahnhof gegangen war. Nicht um irgendjemanden zu besuchen, sondern um der lästigen Frage, die ihn wie ein roter Faden durch den Alltag verfolgte, ein Ende zu bereiten.

Das wollte er nicht. Das konnte er nicht. Das konnte nicht die Lösung sein. Die anderen stellten sich die Frage bestimmt auch. „Ich muss den roten Faden zerschneiden", dachte er und kippte das noch volle Glas aus dem Fenster, an dem er immer gestanden hatte, um die anderen zu beobachten.

Lisa Hoellger

Zu Staub zerfallen

Ich schaue an die weiße Decke und versuche, Muster auf der feinen Raufasertapete zu erkennen. Doch immer, wenn ich auch nur im Entferntesten eine Form erahne, verschwimmt alles vor meinen Augen, weil ich sie zu lange aufgehalten habe. Ich muss blinzeln. Und meine Suche steht wieder am Anfang.

Als ich mich ein bisschen anders hinlege, versuche ich, mein rechtes Bein so wenig wie möglich zu bewegen. Trotzdem schießt ein Schmerz von meinem Sprunggelenk bis in meine Hüfte hinauf, an den ich mich schon beinahe gewöhnt habe. Ich gebe die Suche auf und lege einen Arm über meine Augen, um das matte Tageslicht auszusperren. Zu mühsam wäre es, aufzustehen, mich mit meinen Stützen bis zum Fenster hinüber zu schleppen und die Vorhänge zu schließen.

Die Dunkelheit lässt es zu, dass meine Gedanken wandern und dann an *dem* Punkt ankommen.

Mein Sturz.

Einen Augenblick lang bin ich zurückversetzt zu diesem Tag vor drei Wochen; habe wieder das Gefühl, zu fallen, spüre noch einmal den rasenden Schmerz in meinem Knöchel.

Die Erinnerung lässt mich aufschrecken und ich stütze mich auf die Unterarme.

Mein Blick wandert durch das Zimmer, das zwar kahl, aber doch persönlicher ist als das Krankenhauszimmer. Allein schon, weil auf den nicht krankenhausweißen, sondern naturbelassenen Möbeln nicht nur die Gegenstände liegen, die ich ohnehin überall mit hinnehme. Mehr Kleidungstücke als noch in der Klinik hängen in einem unordentlichen Haufen über der Stuhllehne; auf dem Nachttisch stehen zwei Bilder, auf dem Schreibtisch liegen Bücher und Zeitschriften – Geschenke zum Zeitvertreib zwischen den Therapiestunden und den Mahlzeiten – und auf dem Boden liegt meine Reisetasche, die mich überall hin begleitet.
Auf der Suche nach einem neuen Gedanken bleibt mein Blick an dem Foto hängen, das mich mit typisch ernstem Gesichtsausdruck in einem aufwändigen Kostüm mitten im Spagatsprung auf der Bühne meiner Schule zeigt. Mein erster großer Auftritt, meine erste Hauptrolle. Der Grund für mein Stipendium, ohne das ich mir mein Studium nicht leisten könnte. Ich muss nicht nach unten schauen und den dicken, weißen Verband sehen, um zu wissen, wie lange es dauern wird, bis ich diesen Sprung wieder mit dieser Selbstverständlichkeit und mit Leichtigkeit werde ausführen können. Es liegen noch Monate in der Reha mit Aufbautraining vor mir, bis ich auch nur wieder am Grundtraining für die Standards teilnehmen, geschweige denn an einer Aufführung mitwirken kann. Und es ist noch nicht einmal sicher, ob es so weit überhaupt wieder kommen wird.
Oder ob sich all die Mühe überhaupt lohnt.
Ich bin selber so überrascht von diesem Gedanken, dass ich die Stirn runzele.
Natürlich lohnt es sich, die andauernden Schmerzen auf mich zu nehmen, denn nur so kann ich an die Spitze kommen und meine Leidenschaft *wirklich* zum Beruf machen. Mir meinen Traum erfüllen. Und doch... Der Gedanke ist da, aus dem Unterbewusstsein scheinbar

grundlos aufgetaucht und lässt sich nicht mehr vertreiben. Dabei würde mir das tägliche Training, der enge Kontakt zu den anderen Studenten und den Lehrern, sogar der sonst so nervenzerreißende Stress fehlen.
Wird er nicht. Er wird mir nicht fehlen. Ich weiß plötzlich ganz genau, dass ich die freie Zeit ohne all das genießen werde. Die freie Zeit, die ich sonst nie habe. Aber… wenn ich das Tanzen doch so sehr liebe, es meine Leidenschaft ist und ich mir schon seit so vielen Jahren wünsche, damit mein Geld zu verdienen und zu den Besten zu gehören, dann… Dann muss es mir doch fehlen.
Wird es aber nicht. Tut es nicht. Ich erkenne es erst jetzt, doch es steht fest. Ich vermisse es nicht. Gar nicht.

Und plötzlich sehe ich das Foto mit anderen Augen. Es fehlt etwas. Ich strahle nicht das Glück und die Freude aus, die ich auf all den Bildern meiner Vorbilder trotz ihrer ernsten Mienen immer wieder habe erkennen können. Mein Foto sieht aus wie eine Nachahmung eines anderen, besseren, bloß ohne die Gefühle. Von einer Sekunde auf die andere ist die Illusion verschwunden, und mit einem Mal sehe ich die Realität. Ich erfülle mir *nicht* meinen Traum, lebe ihn nicht. In Wahrheit… kenne ich ihn noch nicht einmal.
Das Tanzen ist nicht meine Leidenschaft. Ich habe es nur für meine Leidenschaft gehalten, weil alle es immer wieder als diese bezeichnet haben. Meine Freundinnen haben mich beneidet, weil ich schon so früh eine Antwort auf die Frage, was ich denn mal werden wolle, gewusst habe. Doch sie haben mich um eine Lüge beneidet. Um etwas, das nie existiert hat. Sie alle wissen inzwischen genau, was sie mit sich anfangen wollen, welcher Beruf perfekt für sie ist. Und ich? Ich sitze hier vor einem Scherbenhaufen. Und weiß gar nichts mehr. Das Fundament, auf dem ich seit langem meine Identität aufgebaut habe, ist ohne Vorwarnung zusammengebrochen. Ich hänge ahnungs- und hilflos in der

Luft, verzweifelt darum bemüht, nicht auch noch abzustürzen. Doch woran soll ich mich festhalten, wenn alles, was ich in den letzten zwölf Jahren für massiv und sicher gehalten habe, plötzlich zu Staub zerfallen ist? Ich habe nur die Vorstellungen der anderen erfüllt, habe sie angenommen und irgendwann selber daran geglaubt, dass es meine Träume sind und nicht nur ihre Erwartungen.
„Du wirst bestimmt Tänzerin." „Wenn es jemand schafft, dann du." Wie oft habe ich diese Worte gehört. Oft genug, um davon überzeugt zu sein, das Richtige zu tun.
Um nun vor den winzig kleinen Überbleibseln des Fundaments zu stehen und nicht zu wissen, wie ich sie neu zusammensetzen kann. Ich bin immer *die Tänzerin* gewesen, die für ihr Hobby so sehr die Schule vernachlässigt hat, dass es mehr als nur einmal kritisch geworden ist. Die, die für andere Tänze choreographiert hat und für die das Lernen so zweitrangig gewesen ist, dass sie es während des Trainings versucht hat. Tanzend, mit dem Schulbuch in der Hand. Die, die über kaum etwas anderes gesprochen und in den Freistunden auf dem Schulhof trainiert hat.
Doch davon bleibt nichts mehr übrig.
Nichts.
Was bin ich noch, wenn das alles *nicht* ich bin?
Wer bin ich dann noch?

Ein Klopfen an meiner Tür. „Kommen Sie? Ihre nächste Übungsstunde hat schon vor fünf Minuten angefangen, und sonst sind Sie doch immer so überpünktlich."
Ich seufze und lasse mich nach hinten auf die Matratze fallen. Nur verschwommen sehe ich die weiße Decke über mir. Keine Chance, ein Muster zu erkennen.
„Kommen Sie?"
Ich schließe die Augen.

ÜBERALL WASSER

Jonas Weber

Plastiktüte

Der Ventilator schwenkte seine gewohnten Runden von links nach rechts, während er Staubkörner im Licht aufwirbelte. Seine Augen folgten den Körnern durch den Raum, bis sie den Lichtstrahl verließen. Als ein weiteres, schwächeres Licht hinzukam, wandte er diesem seinen Blick zu. Bei der Bewegung seines Kopfes merkte er, dass sich einige Schweißtropfen lösten und begannen, sein Gesicht hinunter zu rinnen.

Durch den Türspalt sah er das ausgehungerte Gesicht eines Mannes, der wohl seine Dienste in Anspruch nehmen wollte. "H-h-hallo?", vernahm er von der dünnen, kaum wahrnehmbaren Stimme. Er wischte sich mit der Hand von links nach rechts über die Stirn, worauf sich das Gesicht langsam gegen die Tür schob und den dürren, knochigen Körper preisgab. Sein Blick wandte sich der braunen, zerknitterten Tüte zu, die der Besucher mit beiden Händen fest umklammerte. Seine Augen wanderten von oben nach unten, vom knochigen Gesicht über den ebenso dürren Körper. An seiner Kleidung bemerkte er nichts Außergewöhnliches, ein einfaches, ziemlich schmuddeliges T-Shirt, das die Aufschrift Nike nur noch erahnen ließ. Ähnliches galt auch für die Jogginghose, deren Aufschrift wohl mit dem Verlust eines Teils des linken Hosenbeins verschwunden sein musste. Aber das zählte für ihn nicht. Nach der flüchtigen Begutachtung machte er eine erneute Handbewegung, die auf den klapprigen Stuhl vor seinem Tisch deutete.

"Nimm Platz", drang es aus seinem Mund, während er die Bewegung ausführte. Der Besucher schreckte zusammen, als er die Worte vernahm. Wortlos setzte er sich auf den klapprigen Stuhl. Die Tüte presste er dabei so fest zusammen, dass es schien, als würde sie jeden Moment zerreißen. Und wenn auch. Es war der Inhalt, der zählte. Und der hatte besser zu stimmen, sonst hätte dieser Typ allen Grund gehabt, nervös zu sein. Dann wäre er nämlich heute der Fünfte gewesen, der ihm was von 'Ich habe nicht mehr…' oder 'Bitte helfen sie mir…' erzählen würde. Erbärmlich.

All diese ach so traurigen Geschichten, die ihm tagein tagaus von heulenden Vätern und den bestimmt schicksalhaften Witwen erzählt wurden. Dienstleistung gegen Geld, so und nicht anders lautete sein Prinzip. Wenn diese erbärmlichen Gestalten seine Dienste in Anspruch nehmen wollten, sollten sie ihn dafür auch vernünftig bezahlen. Schließlich war er es, der auf der anderen Seite des Schreibtisches saß.

„Wie viele?" – „Nur ich", antwortete der Mann mit seiner dünnen und ängstlichen Stimme. „Das Geld. Und zwar heute noch." Der Mann erhob sich, indem er sich mit seinen dürren Armen von dem klapprigen Stuhl abstieß.

„Du weißt, was passiert, wenn du mich zu bescheißen versuchst, oder?" Als er diese Frage gestellt hatte, blieb der Mann wie versteinert in seiner Bewegung stecken. Er quetschte sich ein kaum verständliches "Ja" durch den Kloß in seiner Kehle und legte schließlich die Tüte samt Inhalt auf den massiven Schreibtisch. Dann setzte er sich wieder. Der Anschein blieb, dass er beinahe an seiner Nervosität zerbrach.

Nachdem er die Tüte ergriffen hatte, verteilte er den gesamten Inhalt auf der großzügig bemessenen Fläche seines Schreibtischs. Akribisch und Schein für Schein sortierte er das Geld nach Wertigkeit auf verschiedene

Haufen. Zweimal kontrollierte er jeden Stapel. Nach seiner letzten Prüfung warf er seinem Kunden ein „Passt" an den Kopf. „Morgen Abend. Richtung Italien."

Barbara Becker

Hoffnung und Zweifel

Da saß er nun. Auf diesem alten, klapprigen Lastwagen, der bei jeder noch so kleinen Unebenheit auf der Straße anfing, so heftig zu poltern, dass man Angst bekam, er würde jeden Moment mit einem lauten Rums auseinanderfallen. Es waren nur noch 30 Kilometer bis zur marokkanischen Grenze. Die große Hoffnung und die Vorfreude auf sein zukünftiges Leben stiegen in ihm hoch. In Gedanken spürte er schon den kalten europäischen Windzug, der nur so nach Erfolg roch. Er roch nach Arbeit, nach Struktur und Glück.

Er träumte davon, sich ein ganz neues Leben aufzubauen. Er wollte eine Familie gründen, mit einer Frau, die er neu kennenlernen und die immer zu ihm halten würde. Sie würden ein Kind zusammen bekommen, vielleicht auch zwei. Von seiner neuen Familie würde er tausende Fotos machen und jede Woche ein neues zu seiner Familie in Afrika schicken. Er würde Geld verdienen, Tag für Tag. Er würde sich keine Sorgen um den nächsten Morgen machen müssen. Glücklich. Das würde er sein.

All diese Gedanken und all diese Wünsche erloschen genauso schnell, wie sie über ihn gekommen waren. Die Nacht legte sich wie ein dunkler Mantel um ihn: Was würde er wohl tun, wenn er wieder kontrolliert werden würde? Wenn sie ihm das letzte bisschen Geld, das seine Familie für ihn zusammengespart hatte, in der Hoffnung, dass er den Start in ein neues Leben schaffen würde, wegnähmen? Ob

diese tausend Menschen um ihn herum dasselbe fühlten? Ob er alleine war mit seiner Angst? Würde er jemals ein friedvolles Leben führen können, so wie er es sich immer gewünscht hatte? All diese Fragen schwirrten ihm unbeantwortet im Kopf herum.
Plötzlich wurde er aus seinen Gedanken gerissen. Der LKW hielt. Ungewöhnlich. Ob nun alles vorbei war? Und all seine Träume zerplatzt waren, wie eine Seifenblase? Da saß er nun und wusste nichts.

Hannah Staemmler

Gescheitert

Das war nicht sein Ziel gewesen. Doch er war gescheitert. Für ihn war die Reise vorbei. Er konnte weder vorwärts noch zurück. Noch einmal die Reise in Angriff nehmen, zurück in die Heimat, war für ihn gar nicht möglich. Daran sollte er keinen Gedanken verschwenden.
Aber es reichte nicht.
Für ihn war die Reise vorbei. Endgültig. Er würde dort bleiben müssen. Er hatte keine andere Wahl. Das Geld. Es war weg. Er machte sich Vorwürfe. Warum hatte er es nicht besser gemacht? Warum hatte er sich nicht geschickter angestellt? Er hätte das Geld nicht hergeben sollen. Doch er war zu schwach gewesen. Er hatte gesehen, was den anderen passiert war. Er hatte nicht so enden wollen. Am Boden. Geschlagen. Ausgepeitscht. Sie hatten den Soldaten an der Grenze kein Geld geben wollen. Aber ihre Reise war dort zu Ende gewesen. Sie lagen am Boden. Wurden zurückgelassen. Die Restlichen stiegen wieder ein. In den nun nur noch halbvollen LKW. Er fiel beinahe auseinander, dreckig war er und sie hatten kaum Platz zwischen den

riesigen Transportkisten. Kaum einer hatte etwas gesagt. Geschockt. Wunden am ganzen Körper, die Kleidung zerfetzt, und die Augen waren trotzdem voller Hoffnung gewesen. Sie hatten gehofft, dass die Reise bald vorbei sein würde und sie mit den letzten kleinen Scheinen das Schiff nach Europa würden bezahlen können.
Doch sein gesamtes Geld war weg. Am Wasser endete seine Reise. Er konnte nicht weiter.

Alina Linscheidt

Überall Wasser

Nach unten. Einfach nur nach unten. Zu den anderen, die auf diesem Schiff gerade so dicht an dicht Platz gefunden hatten, durfte er nicht schauen. Jeder war für sich. Jeder allein. Irgendwann jedoch langweilte ihn die eintönige Sicht auf den schmutzigen Dielenboden zu seinen Füßen. Er entschied sich, einen Blick auf das Meer und den weiten Horizont dahinter zu werfen.
Die Wolken leuchteten von der goldenen Sonne in einem Gelbton, der ihn ein wenig an Sand erinnerte. Sand, den er bereits hinter sich gebracht hatte. Das Wasser glitzerte, als wäre irgendwo ein riesenhafter Diamant explodiert und feine Staubkörnchen hätten sich auch auf das Mittelmeer gelegt, das sie überquerten.
Nein. Es war nur das durch den Salzgehalt ungenießbare Wasser, in dem sich ein weit entfernter Himmelskörper spiegelte. Was wusste er schon von Diamanten? Dieses Wort war kein Bestandteil seines alltäglichen Sprachgebrauchs, er hatte bisher nur einmal davon gehört.
Sein Bauch schmerzte. Er konnte nicht mehr sagen, ob es von dem verschimmelten Brot kam, das er vor ein paar

Tagen gegen sein zweites T-Shirt getauscht hatte, oder von dem Gürtel, in welchen sein restliches Geld eingenäht war. Eigentlich war es das Geld seines Heimatdorfes. Mit diesem Geld hatten sie auch alle Hoffnung auf ihn gesetzt. Er musste es damit nach Europa schaffen, dort weiteres Geld auftreiben und auf irgendeinem Weg seinen Leuten zukommen lassen. In Europa würde dies sicher keine so große Herausforderung sein wie in seiner Heimat, aus welcher ihn die mehr und mehr überhand nehmende Verzweiflung hinweggespült hatte. Doch der Weg nach Europa und zu einem neuen Zuhause war noch längst nicht bewältigt und würde ihn noch viel von seiner Kraft kosten.
Auf der anderen Seite des Schiffes war ein Plätschern zu hören. Sein Atem wurde flach. Angespannt griff er mit beiden Händen nach der rostverkrusteten Reling und schloss die Augen. Schon wieder einer. Damit waren es also sechs. Nein, sieben. Er hatte das dreijährige Kind vergessen wollen, das schon am ersten Tag gestorben war. Ihnen allen hatte man mit einer kurzen, unauffälligen Seebestattung die letzte Ehre erwiesen. Ein einfacher Wurf ins Meer, wie man auch einen Tierkadaver beseitigt hätte, bevor der Verwesungsprozess beginnen konnte. Man hatte daraus gelernt, als sich schon Fliegen auf die erkaltete Haut des Kindes gesetzt hatten. Es hatte in den Händen der Mutter gelegen, die es weiterhin hatte beschützen wollen, obwohl es schon zu spät gewesen war. Das Bild war in seinem Innern eingebrannt, ließ ihn regelmäßig zittern. Wie schwach der Aufschlag gewesen war, den der kleine Körper auf dem Wasser gemacht hatte. Viel leiser als der Aufschlag, den er gerade vernommen hatte.
Nein, hör auf. Du bist allein. Was gehen dich diese Menschen an? Du hast diese Reise allein angetreten. Jeder hat sein eigenes Schicksal.
Erneut blickte er auf das Meer. Noch ein Tag, dann würde das Schiff an der italienischen Küste anlegen. Unter seinen

Füßen würde er erstmals europäisches Land spüren. Er würde eine Chance bekommen zu leben, wenn er nicht vorher starb.
Wind zog vorbei. Stärker werdend, aus Richtung Westen, wo die Sonne den Horizont bereits blutrot zu färben begann.

Frederick Erharter, Dominik Fink

Flüchtlingsgeschichte

Die Sonne schien erbarmungslos. Genauso erbarmungslos, wie die Anweisungen klangen, die sie zu geben hatten. Kein Schiff durfte an Land gelangen.
Sein Bauch verkrampfte sich. Er hatte sich immer noch nicht vollständig daran gewöhnt. Sie schaukelten im leichten Wellengang, der für diese Jahreszeit typisch war. Schweiß tropfte ihm von der Stirn, um am Boden direkt zu verdampfen.
Seine Kollegen unterhielten sich befreit über das Wochenende. Dies war ihre Art, sich abzulenken. Er fragte sich, ob er auch so entspannt sein würde, wenn er nur lange genug in dieser Truppe blieb.
Der Kapitän meldete drei Ziele voraus. Als er aufstand, sah er sie. Kleine Schiffe, die planlos und verloren wirkten. Er sah, wie überfüllt sie waren. Schwer vorstellbar, wie die sich darauf befindenden Personen überhaupt atmen konnten.
Eine metallisch klingende Stimme erklang aus dem Lautsprecher. Kalt und sachlich erklärte sie, dass die Schiffe keine Wahl hätten als umzukehren. Panische Schreie erklangen. Einige sprangen von Bord. Andere starrten sie mit stechenden Blicken an. Manche weinten.
Sein Bauch verkrampfte sich erneut, als die Hilferufe lauter wurden. Die Schiffe begannen kehrtzumachen. Es würden

nicht die letzten gewesen sein. Er schaute weg, gnadenlos. Noch sechs Stunden, und er hatte seine Pflicht für den heutigen Tag erfüllt. Übermorgen war endlich Wochenende.

Lara Mauel

Leere

Es war kaum auszuhalten. Zu viele Menschen auf zu engem Raum. Er schnappte nach Luft. Doch diese war viel zu trocken. Wie sehr er sich gewünscht hatte, endlich frei sein zu können. Frei. Ohne mit der ständigen Angst zu leben, am nächsten Morgen nicht mehr aufzuwachen. Er hatte noch sein ganzes Leben vor sich. Träume, die unerreichbar gewesen waren. Er wollte Journalist werden. Er wollte der ganzen Welt zeigen, unter welchen Verhältnissen sie wirklich lebten. Doch dem war ein Ende gesetzt worden. Er hatte sein restliches Geld zusammenkratzen müssen und sich auf den Weg gemacht. Auf den Weg in ein besseres Leben. Drei Tage war er schon unterwegs. Drei Tage voller Mut, Verzweiflung, Hoffnung und Angst. Er wollte es schaffen. Dies war vermutlich der Grund, wieso er das alles durchhielt. Denn die drei Tage waren der blanke Horror gewesen. Er hasste die beengte Fläche, die überfüllt von Menschen war, die ebenfalls Angst hatten. Und das war das Schlimmste daran: die Angst. Die Angst, erwischt zu werden. Die Angst, gefoltert zu werden. Die Angst, getötet zu werden. Warum? Warum konnte es nicht einfach ein Ende haben?

Bei jedem Knall zuckten sie zusammen. Man konnte schreiende Kinder und Frauen hören. Weinende Mädchen, die voller Verzweiflung waren. Was sollte nur aus ihnen werden?

Menschen, die wie er ihr ganzes Leben noch vor sich hatten. Hunger. Sie litten. Schon seit drei Tagen hatten sie nichts mehr gegessen. Doch bald würden sie es geschafft haben. Bald würden sie am Meer ankommen. Bald.

Bald würde er nur noch laute Schreie hören. Leere.

Yanik Latz

Bilder

Es war heiß. Fürchterlich heiß. Schweißperlen formten sich auf seiner Stirn.
Manche liefen ihm bis in seine Augenbrauen. Manche fielen herab, doch verdampften sofort auf der Reling. Man hatte ihm bereits viele Geschichten erzählt. Von Menschen wie ihm, die die Freiheit suchten. Und den Tod fanden. Doch irgendwie wusste er, dass er es schaffen würde. Er musste einfach. Nicht nur für sich, sondern auch für seine Familie. Sie hatten ihm so viel ermöglicht. Nun war es seine Aufgabe, etwas zurückzugeben.
Er schloss die Augen, versuchte sich etwas zu entspannen. Bilder von seiner Mutter und seinem Bruder schossen ihm durch den Kopf, wie sie seinen Geburtstag feierten. Neben ihnen der Schutt, wo einst das Haus ihrer Nachbarn gestanden hatte. Wenige Tage zuvor hatte man ihn mitgenommen. Auch sie waren voller Anspannung gewesen. Und er spürte, wie es ihn langsam nach hinten drückte. Immer mehr nach hinten. Mochte Gott bei ihm sein.

Linda-Marie Hannes

Hoffnung

Da saß er.
Auf einem wackligen Stuhl.
Er sah sich um.
Der Raum, in dem er saß, war heruntergekommen, kalt und kahl. Nur das Nötigste stand darin.
Er blickte aus dem Fenster. War es das, was er wirklich wollte? So hatte er sich das nicht vorgestellt. Irgendwie fühlte er sich hier nicht wohl. Er war alleine.
Ein hoher Stacheldrahtzaun umschloss das Areal, auf dem er sich befand.
Doch trotz allem gab er die Hoffnung auf ein Leben in Freiheit nicht auf. Viele Fragen gingen ihm von Tag zu Tag und von Stunde zu Stunde durch den Kopf: Wie lange würde es noch dauern, bis er hier rauskäme? Wo würde er hinkommen? Würde er wieder zurückgeschickt werden oder würde er bleiben dürfen? Und wie ging es überhaupt seiner Familie, für die das Geld für die Überfahrt nicht gereicht hatte?
Nicht die lange und schwere Reise, die ihn von Grund auf verändert hatte, sondern die Ungewissheit, was nun passieren würde, war das Unerträglichste.
Die Ungewissheit. Die Einsamkeit. Die Verzweiflung.
Ihm blieb nichts anderes übrig, als zu warten. Die Bilder, die ihn seit der Überfahrt mit dem Schlepper verfolgten, machten ihn fertig. Einmal hatte er nachts nicht schlafen können, weil die Wellen zu übermächtig gewesen waren und er seine ganze Kraft gebraucht hatte, um sich an der Reling festzuhalten. Dass er niemandem helfen konnte, konnte er nicht ändern, aber trotzdem machte ihn das traurig. Viele hatten es wegen Schwäche nicht geschafft und waren von den Wellen förmlich ins Meer gerissen worden. Dort hatte

man sie einfach zurückgelassen, weil man zu sehr um sein eigenes Leben kämpfen musste. Es war schrecklich. Außerdem hatten sie während der Fahrt mit Hungersnot und eisiger Kälte zu kämpfen. Noch nie hatte er solche Angst um sein Leben gehabt.
Doch er hatte durchgehalten und musste dies auch weiterhin tun. Auch wenn er erst einmal sicher war. Für seine Familie musste er durchhalten. Damit er Geld auftreiben konnte, um auch ihr die Überfahrt nach Italien ermöglichen zu können. Damit sie sich hier gemeinsam ein neues Leben aufbauen könnten.
Er würde durchhalten.

Nils Fink

Neue Welt

Da war er nun. Allein, erschöpft, aber dennoch glücklich. Genau 453 Tage und 21 Stunden voller Qual, Angst und Kampf lagen zwischen ihm und seiner Heimat. Soweit man diesen Ort, aus dem er stammte, überhaupt als Heimat bezeichnen konnte. Doch er hatte es geschafft. Er war am Ziel seiner Reise angelangt.
Der Schritt durch die Haustüre glich einem Schritt in eine neue Welt. Ruckartig und neugierig wanderte sein Blick durch das Zimmer. Erst von links nach rechts, dann von rechts nach links. Keine kaputten, dreckigen und zerkratzten Wände. Keine schreienden Frauen und Kinder. Sein Blick blieb an einem kleinen Bett hängen. Ein kleines Bett, bestückt mit einem dünnen, weißen Laken und einem kleinen Kissen. Kratzer und Spuren von verschmierter Farbe verwiesen auf den einfachen, aber dennoch funktionsfähigen

Zustand des Bettes. Früher hatte er sich immer ein Bett gewünscht.
Erst jetzt wagte er es, einen weiteren Schritt in den Raum zu machen. Seine nackten Füße berührten einen grauen Teppich. Der weiche Stoff kitzelte. Als nächstes fiel ihm ein Waschbecken auf. Ein Waschbecken, aus dem, wann immer er das Verlangen dazu verspürte, Wasser floss. Es verging der Bruchteil einer Sekunde, bis er das andere Ende des Raumes und somit die Wasserquelle erreicht hatte. Das Waschbecken war einfach und oval geformt. Anstatt Kilometer für Kilometer wandern zu müssen, brauchte man nichts anderes zu tun, als den Wasserhahn aufzudrehen. Ohne weiter nachzudenken drehte er den Wasserhahn auf und richtete seinen Kopf unter den Wasserstrahl, der, wie ein Wasserfall, aus dem Hahn schoss.
Das Wasser lief an seinem nun wieder aufgerichteten Gesicht hinunter. Erst jetzt erinnerte er sich wieder an die Blicke der anderen, die auf ihn getroffen waren, als er in diesem kleinen Ort angekommen war. Sie saßen auf ihren alten Bänken vor ihren Häusern und betrachteten alles, was sie umgab, wie selbstverständlich. Nur ihn nicht. Die anderen durchlöcherten ihn mit Blicken voller Verachtung. Er war für sie der, der anders war. Er war der, der bisher in einer komplett anderen Welt gelebt hatte.

Philipp Schneider

Im Zimmer

Wohnhaft und dennoch heimatlos. Einsam. Isoliert. Verlassen.
Versunken in seinen Gedanken, sitzt Adil in seinem Zimmer. Dunkel. Kein Fenster. Ein alter Röhrenfernseher in der einen Ecke. Gegenüber dem Fernseher liegt eine Matratze auf dem

Boden. Ein paar aufeinander gestapelte und keineswegs aufeinander abgestimmte Schränkchen. Dazu ein Beistelltisch. Seit genau 23 Tagen verschiebt Adil die dürftigen Möbel auf den 13 Quadratmetern hin und her, auf der Suche nach einem Stückchen Gewohnheit, einem bisschen Vertrautheit.

Tag für Tag sieht sein Zimmer unordentlicher und zugleich ungemütlicher aus. Seine Wände beklebt mit Karteikarten, die ihm dabei helfen sollen, die Sprache zu lernen. Auf der Tür klebt ein Schild mit der Aufschrift „Tür".

Eben ist er wieder aus seiner Isolation ausgebrochen – herausgebrochen aus der Sicherheit, eingetreten in den grausamen Alltag. Schnell ist er an seine Grenzen gekommen. Die Leute haben einen großen Bogen um ihn gemacht.

Die Unsicherheit ist es gewesen, die ihn herführte, die Unsicherheit ist es wieder, die ihn erstarren lässt. Bürgerkrieg und Verfolgung.

Eine Träne läuft ihm langsam die Wangen hinunter, und in seiner eisernen Wasserflasche, die ihn seinen ganzen Weg begleitet hat, kann er sich spiegeln; trotz der gläsernen Augen erahnt er in seinem Spiegelbild eine Hoffnung.

Die Hoffnung ist es, die ihn nicht aufgeben lässt.

Ausgewählt von seinem Dorf, wurde er auf die Reise geschickt. Er sollte ihnen aus der Armut helfen. Eine Rückkehr in seine Heimat, wäre das nicht das Beste? So sucht er seinen Gürtel und seine Schuhe, trennt diese auf, um sein gesamtes Geld, das ihm verblieben ist, zurechtzulegen.

DER DUFT DER FREMDE

Debora Schild

Wer bin ich?

„Beschreibe dich in drei Worten", sagst du zu mir, während du noch im Bett liegst. Ich stelle mich vor den Spiegel, sehe mich an und frage mich zugleich, wer ich eigentlich bin. Ich war mir bisher immer sicher zu wissen, wer die Person im Spiegel ist. Blond, groß, nicht 90-60-90, aber eine doch recht annehmbare Figur. Ich stehe vorm Spiegel und frage mich plötzlich, was sich hinter all dem verbirgt. Was befindet sich eigentlich hinter den braunen Rehaugen?
„Beschreibe dich in drei Worten", tönt es erneut in meinem Kopf. „Zickig" kommt mir in den Sinn, jedoch verwerfe ich diesen Gedanken sofort wieder, denn ich finde, dass dies doch recht situationsabhängig ist und wenig bis gar nichts über mich aussagt. Ich denke daran, dass meine Mutter immer zu sagen pflegte, dass Mut in unserer Familie eher den Frauen zuzuschreiben wäre und ich das beste Beispiel dafür sei. „Mutig", möchte ich gerade sagen, als mir auffällt, wie vorsichtig ich in letzter Zeit geworden bin. Also stehe ich wieder bei Null. Ich denke an die letzte Nacht, an den Club und daran, wie viel Spaß wir hatten, und verbinde das sofort mit Lebensfreude. „Lebensfroh" möchte ich gerade sagen, als mir auffällt, dass ich meist nicht einmal die Kraft finde, morgens aufzustehen. Also werfe ich auch diesen Gedanken über Bord. Viele meiner Freunde würden möglicherweise behaupten, ich wäre eine starke junge Frau. In diesem Moment wird mir zum ersten Mal klar, dass das ein Irrtum und lediglich eine Fassade ist. Wie oft hab ich zu dir gesagt, alles sei in Ordnung, obwohl es nicht auch nur annähernd in Ordnung war. Frauenlogik, würden viele sagen.
Du siehst mich erwartungsvoll an, doch ich kann nicht antworten. Wer bin ich? Von Anfang: Ich bin Nina, 19 Jahre jung, und die passenden Adjektive fehlen mir leider. Ich bin

überfordert. Von jetzt auf gleich habe ich die Sicherheit meiner selbst verloren. Die Sicherheit zu wissen, wer ich bin. Noch immer stehe ich vorm Spiegel, nur jetzt nicht mehr alleine. Du stehst hinter mir und siehst mich ebenfalls an. Ich sehe in deine Augen und denke automatisch an ein Zitat: „Ich muss mich jetzt nicht finden, darf mich nur nicht verlieren". Es ist völlig unwichtig, ob ich weiß, wer ich bin, ob ich mich in drei Worten beschreiben kann oder nicht. Wichtig ist, dass ich weiß, was ich nicht sein möchte, und ich denke, das ist ein guter Anfang auf der Suche nach mir selbst.

Annika Deist

Duft der Fremde

Mitten auf der breiten, grauen Straße blieb sie stehen.
Sie hörte die vielen Stimmen, sie roch den Teer und die Abgase, die langsam an ihr vorbei nach oben zogen; sie spürte den kalten Windzug, der alle Stimmen und Gerüche eins werden ließ.
Die Anonymität und die Ignoranz, mit der man in einer Stadt wie dieser leben musste, ergriffen sie plötzlich und eiskalt. Sie überkam das Gefühl, am falschen Ort zu sein, war vielleicht zu außergewöhnlich für eine Stadt voller Individualisten. Individualisten, die fest von ihrer Einzigartigkeit überzeugt waren, es aber dennoch nicht schafften, den beängstigend großen Straßen den bedrückenden Nebel zu nehmen, der nun schwer auf ihr lag und sie daran hinderte, weiterzugehen.
Von rechts wurde sie angerempelt. Von links fauchte man eine Beleidigung und von irgendwoher drang ein leises Trommeln zu ihr. Sie ging weiter, und das Trommeln wurde lauter, bis plötzlich ein kleines Mädchen vor ihr saß.

Schlaksig, schwarzhaarig und mit einem roten Punkt auf der Stirn.
Das Mädchen saß in diesem tiefen Nebel der Straße und ersetzte ihn ganz selbstverständlich durch Wärme. Vor ihm stand eine Trommel. Klein und bedeutungslos, wie alles hier, doch das Mädchen schaffte es, der Trommel etwas zu entlocken. Mehr als nur eine Melodie. Sie erzählte von Armut und Hunger, aber auch von Glaube, Liebe und Glück.
Die Leute blieben stehen. Spürten, wie ihnen das kleine Mädchen mit seiner bedeutungslosen Trommel ein fremdes Land in ihre graue Straße schmuggelte.
Es roch nach Koriander, Ingwer und Curry. Die Luft schmeckte nach Tee und Reis.
Sie hörte Kinder lachen, das Geräusch von nackten Füßen auf warmem, sandigem Boden, sie hörte Frauen singen und Männer beten, sie spürte die Hitze der Sonne auf ihrer Haut brennen. Sie spürte Leben. Armes, aber dennoch buntes, glückliches Leben.
Das Mädchen trommelte weiter und ließ vor ihrem inneren Auge Bilder aufblitzen. Von großen Festen mit dutzenden Menschen und doppelt so viel Essen. Von Tanz und Gesang. Von bunten Stoffen, die später die Körper der Frauen und Männern zieren würden.
Es vibrierte in ihr. Und mit einem einzigen letzten, vollkommenen Trommelschlag explodierten tausend Farben, tausend Gerüche, tausend Geschmäcker.
Für einen Moment stand alles still. Das Mädchen packte seine Trommel und ging.
Sie selbst wurde von rechts angerempelt und von links beleidigt.

Linda-Marie Hannes

Der Gerichtssaal

Seine Schritte waren schwer. Menschen gingen, vom Alltag getrieben, zügig an ihm und seinem Tunnelblick vorbei. Er war ganz bei sich. Der lange, triste Flur endete vor einer dunkelbraunen Nussbaumtür, die er zögernd öffnete. Ohne sein Umfeld wahrzunehmen, setzte er sich auf den Stuhl, der für ihn gedacht war, und wartete auf den Moment.
Nächtelang hatte er sich diese Situation vorzustellen versucht, hatte sich die Begegnung ausgemalt. Der junge Mann, auf den er wartete, betrat den Raum und setzte sich ebenfalls auf den ihm zugedachten Platz. Zwei Menschen, die sich zum ersten Mal sahen und eine Verbindung zueinander hatten, die unerträglicher nicht sein konnte.
Seine dunkelbraunen Augen waren erstarrt und fixiert. Die hellen, eisblauen Augen des jungen Mannes spiegelten Provokation und Trotz wider. Er war nun nicht mehr nur ganz bei sich, sondern auch ganz bei ihm. Das war also der Mann, der ihm monatelang den Schlaf geraubt und den er tagelang in den Medien verfolgt hatte, weil er seine groben Hände um den zierlichen Hals seiner kleinen Schwester gelegt hatte, um Druck ausüben, während sie, nach Luft ringend, den Versuch unternahm zu schreien. Er musste sich zusammenreißen, wollte sie nicht wieder erneut vor sich sterben sehen. Der Gedanke lähmte ihn.
Er sah wieder die blauen Flecken an ihrem kalkweißen, sonst makellosen Körper und ihre treuen, großen Rehaugen, die, als er sie zum letzten Mal sah, ins Leere schauten und jeglichen Glanz verloren hatten. Diesen Gedanken unterdrückend, ertappte er sich dabei, wie er die Hand zu einer Faust geballt hatte, ohne dabei zu wissen, wem sie galt: seinem Gegenüber... oder sich selbst, weil er nicht dort gewesen war, um sie zu beschützen. Doch ändern konnte er

nichts mehr. Er musste damit klarkommen. Doch das konnte er nur dann, wenn er sicher gehen konnte, dass sein Gegenüber eine gerechte Strafe erhalten würde. Nur dann, wenn dieser provokante und eiskalte Blick eingesperrt und nie wieder frei sein werden würde. Nach der heutigen Verhandlung würde es sich entscheiden.

Annika Deist

Busfahrt

Die Luft stand und blieb einem beim Atmen im Halse stecken. Dahinten eine Frau, die krampfhaft versuchte, Kinder und Einkäufe an sich zu klammern, ein Junge, der sein Kaugummipapier auf den Boden warf, und der Busfahrer, der zwar gekonnt durch die Innenstadt fuhr, jedoch einen eher scheintoten Eindruck machte. Ihm gegenüber kleine, zarte Hände. Hände, wie er sie schon lange nicht mehr gesehen hatte, fast wie die einer Porzellanpuppe. Zerbrechlich, jedoch voller Elan und Jugend. Auf die Hände folgten dünne Arme, gleichmäßige Schultern und ein schmaler Hals. Dann ein Gesicht. Weder das Gesicht einer Frau noch das eines Kindes. Ein schönes Gesicht. Rot durchblutete Lippen, hohe Wangenknochen und große, grüne Augen. Alles umrahmt von langen braunen Locken.

Er beobachtete sie. Sie spürte seine Blicke. Unangenehm. Schnell steckte sie sich ihre Kopfhörer in die Ohren und lauschte der Moldau von Friedrich Smetana. Die sanften, fröhlichen Klänge ließen das gehetzte Leben der Stadt für ein paar Minuten langsamer werden, und zwischen den gestressten Gesichtern, an denen sie vorüberzogen, konnte sie plötzlich einen Funken Frieden erkennen.

Sie hörte Musik. Klassik. Er liebte Klassik. Es erinnerte ihn an früher. Als er mit seiner Frau im Garten gelegen, vielleicht ein bisschen gelesen und seiner Frau dabei zugesehen hatte, wie sie zu der klassischen Musik, die aus dem Inneren des Hauses kam, langsam die Augen schloss, um einfach nur glücklich zu sein. Automatisch fing er an, mit dem Fuß mit zu wippen.

Sein Fuß hatte angefangen zu zittern. Bestimmt typisch für alte Leute. Sie betrachtete ihn genauer. Sein Haar war grau, ließ aber an einigen Stellen erahnen, dass es einmal schwarz gewesen sein musste. Sein Gesicht war faltig, und sie fragte sich, wie er wohl einmal ausgesehen hatte. Vielleicht war er einmal ganz attraktiv gewesen? Vielleicht hatte es einmal eine Zeit gegeben, in der seine Mundwinkel nicht so nach unten hingen. In der sein Gesichtsausdruck keinen vom Leben gezeichneten Eindruck hinterließ. Auch seine Augen sahen alt und verblasst aus, als hätten sie schon zu viel gesehen. Sie stellte sich vor, welche Geschichten diese Augen ihr vom Leben erzählen würden, wenn sie sprechen könnten. Welche Dramen und Romanzen in ihnen verborgen lagen.

Seine Augen waren zwar schwach geworden, aber dennoch fiel ihm ein Muttermal an ihrer linken Schläfe auf. Es erinnerte ihn an die Form Afrikas. Afrika. In Afrika war er einmal mit seiner Zwillingsschwester gewesen. Damals waren sie noch junge Leute gewesen, die gerade ihre Schule beendet hatten und etwas von der Welt sehen wollten. Mit dem Rucksack nach Afrika. Gott weiß, wie sie ihr Ziel damals tatsächlich erreicht hatten. Er schmunzelte. Wie er sich freute, sie gleich zu sehen. Bald würde er da sein.

Die Blumen in seiner Hand fielen ihr erst jetzt auf. Ein großer Strauß weißer Lilien mit ein bisschen Lavendel dazwischen. Es war ein schöner Strauß, mit Liebe ausgesucht. Er musste für jemanden sein, der ihm sehr nahe stand. Für seine Frau?

Seine Schwester hatte er schon seit zwei Jahren nicht mehr gesehen. Nach dem Tod seiner Frau war der Kontakt abgebrochen. Seine Schwester und seine Frau waren unzertrennlich gewesen. Nach ihrem Tod war seine Schwester nach Italien gezogen und hatte jeden Kontakt zu ihm vermieden. Bis zu diesem Moment wusste er nicht warum. Nun war sie zu Besuch in Deutschland. Über die Jahre hatten sich viele Fragen angesammelt. Jetzt hoffte er auf Antworten.

Plötzlich sah er verloren aus. Verloren in dieser Situation? Oder in Gedanken? Zu gerne hätte sie ihn gefragt. Ihm Fragen gestellt in Bezug auf sein Leben, sein Leiden, sein Lächeln. Der Bus hielt. Sie sah aus dem Fenster und erblickte eine ältere Frau an der Haltestelle. Sie bildete sich eine Ähnlichkeit zu ihrem Gegenüber ein. Als die Frau zu lächeln begann, bildeten sich die gleichen kleinen Fältchen um ihre Mundwinkel wie vor ein paar Minuten noch bei dem Mann, der ihr gegenüber saß. Sie blickte zu ihm hinüber. Er sah die Frau an der Haltestelle an, und sein Blick war ganz und gar nicht mehr vom Leben gezeichnet. Und plötzlich war es wieder da. Sein Lächeln. Diesmal lächelte er breiter und fröhlicher, als sie es sich hatte vorstellen können, und sie ertappte sich dabei, wie sie auch lächelte.

Yanik Latz

Der Schuss

So sollte das Bild, welches sich ihm darbot, eigentlich nicht aussehen, doch er hatte sich mittlerweile daran gewöhnt. Sanfte Hügel, bedeckt mit ockerfarbenem Sand und staubtrockenen Akazien, die selbst ihren geringen Wasser- und Salzbedarf nicht decken konnten. Und dann erschien wieder diese Person, deren Gestalt ihn nun schon seit über einem halben Jahr immer wieder verfolgte. Er blickte in Pupillen, die sich so extrem geweitet hatten, dass man sie für schwarze Löcher hätte halten können, die alles verschlangen. Seine Stirn glitzerte, teils aufgrund der Temperaturen, die das Thermometer fast sprengten, und teils aufgrund der Furcht, die ihm ins Gesicht geschrieben war. Unter ihrer Abaya, gefertigt aus Schafwolle und Kamelhaar, konnte man, so erschien es ihm zumindest, einige Verdrahtungen in allen möglichen Farben des Regenbogens erkennen. Der Daumen der jungen Frau kreiste ungeduldig um einen joystickähnlichen Gegenstand.

Ein Schuss.

Er schloss seine Lider krampfartig. Er konnte es nicht mehr ertragen. Als er endlich genug Mut aufbrachte, seine Augen wieder öffnen zu können, blickte er auf den vertrauten, mit Gartenmöbeln ausgestatteten Balkon seines Nachbarn. Sein Puls pendelte sich langsam aber sicher wieder in den zweistelligen Bereich ein. Er konnte so einfach nicht mehr weitermachen. Es musste endlich mal etwas passieren.
„Schatz, das Essen ist fertig. Kommst du runter?"
Ein sanftes Lächeln machte sich auf seinem Gesicht breit. Wenigstens war er wieder mit ihr vereint. Einzig und allein das zählte.

Lara Mauel

Tränen

Sie schaut sein Foto an. Er strahlt. Seine Augen sind kleiner als sonst. Von winzigen Lachfältchen umgeben. Seine Zähne gerade und strahlend weiß. Sein Gesicht ist rund um die Nase mit Sommersprossen bedeckt. Er sieht glücklich aus. So unbeschwert von allen Sorgen. Wie sehr sie ihn vermisst. Er hat sich lange nicht mehr gemeldet.

Als sie vor knapp einem Jahr aufgrund eines Militäreinsatzes Abschied nehmen mussten, versprach er ihr, sich regelmäßig bei ihr zu melden. Das machte den Abschied ein kleines bisschen leichter. Trotzdem war es schwer. Er hatte sie eine Zeit lang fest in den Armen gehalten. Als es dann aber hieß, dass sich alle Soldaten ins Flugzeug bewegen sollten, drückte er sie ein allerletztes Mal so fest an sich, sodass sie kaum noch Luft bekam. Doch sie genoss es. Seine große Hand hielt ihren Hinterkopf behutsam fest. „Alle Soldaten ins Flugzeug. Der Flug wird in zehn Minuten starten“, drängte es aus den Lautsprechern an ihre Ohren. Er löste sich langsam und gab ihr zuerst einen Kuss auf die Stirn und daraufhin einen auf ihren Mund. – Janes Augen füllten sich mit Tränen. Sie konnte ihn nicht gehen lassen. Er war das Einzige, was sie noch hatte. Ein letztes Mal flüsterte er ein leises „Ich liebe dich“ in ihr Ohr. Dann wandte er sich ab, nahm seine Taschen und ging in Richtung Flugzeug, vor dem einige Männer mit grüner Kleidung und riesigen Taschen standen. Alle sahen gleich aus. Alle sahen unglücklich aus. Einige von ihnen drehten sich um und winkten ihren Angehörigen zu.

Kurz bevor Dave ins Flugzeug stieg, drehte auch er sich zu ihr um. Er lächelte. Sie lächelte zurück. Als er nicht mehr zu sehen war, drehte sie sich um und ging in Richtung Ausgang.

Den Blick gesenkt. Tränen liefen ihre Wangen hinunter. Eine nach der anderen. Sie zog ein schon benutztes Taschentuch aus ihrer Hosentasche.

Jetzt sieht sie das Foto nur noch verschwommen. Die Tränen in ihren Augen verhindern, dass sie das Foto weiterhin betrachten kann. Es ist kaum auszuhalten. Täglich zerbricht sie an den Fragen, die ihr niemand beantworten kann. Warum meldet er sich nicht mehr? Wieso bekommt sie keine Antwort auf ihre Briefe? Liebt er sie noch genauso wie vorher auch? Lebt er überhaupt noch? Ist er im Krieg gefallen?

Bis vor drei Monaten hat er sich jede Woche gemeldet. Jeden Montag hat ein rosa Brief in ihrem Briefkasten gelegen mit der Aufschrift „An meine liebste Jane“. Mit den Worten „Bald sehen wir uns wieder. Ich vermisse dich schrecklich. Ich liebe dich“ hatten seine Briefe geendet. Das hatte sie für kurze Zeit glücklich gemacht.

Doch seit zwölf Wochen gibt es kein Lebenszeichen. Zwölf Wochen ist es her. Zwölf Wochen voller Zweifel und Leiden. Besonders die Ungewissheit ist es, die sie jeden Tag aufs Neue fertigmacht.

Zwei Jahre später, am 12. März 2003, klingelt es an der Haustür. Mittlerweile kann Jane wieder zur Arbeit gehen, ohne zusammenzubrechen. Doch Dave ist noch lange nicht vergessen. Abends, bevor sie schlafen geht, liest sie wieder seine Briefe und weint leise dabei.

Jane legt die Decke beiseite, unter der sie sich versteckt hat, und steigt genervt aus ihrem Bett. Als sie die Tür öffnet und in die kleinen Augen schaut, die von Lachfältchen umgeben sind, traut sie ihren Augen nicht. Er strahlt. Die Tränen laufen ihre Wangen hinunter. Es sind Tränen des Glücks.

Annemarie Neumann

Vergessen

Sie stand an Gleis zwei des alten Bahnhofs, der schon fast im Nirgendwo verschwand. Sie sah sich um, es gab kaum noch vernünftige Sitzmöglichkeiten, also beschloss sie, einfach stehenzubleiben, ihren Koffer neben sich zu stellen und zu warten. Es würde nicht mehr lange dauern, bis der Zug kam, das hoffte sie zumindest.

An diesem Bahnhof musste man sein Ticket noch an einem Schalter mit Bahnpersonal kaufen, und sie wunderte sich, dass überhaupt jemand an dem Schalter saß. Es fing an dunkel zu werden. Weiße zarte Schneeflocken fielen sanft auf ihre Schultern und ihr fast schwarzes Haar. Sie zitterte leicht, wobei sie sich fragte, ob es wirklich daran lag, dass ihr kalt war, oder einfach an der Tatsache, dass sie diese Gegend verrückt machte. Sie sagte sich in Gedanken immer wieder, dass sie das alles nur für ihre Eltern gemacht hatte und es nun ja endlich vorbei war. Die Dunkelheit und der Schnee machten den Bahnhof nur noch unheimlicher. Sie schaute immer wieder auf ihre braune Armbanduhr, die sie von ihrer Mutter vor Jahren einmal geschenkt bekommen hatte.

Dass die Zeit nicht vorbeiging, machte sie immer nervöser. Es erstaunte sie jedes Mal aufs Neue, dass diese Gegend, dieser Ort sie noch so sehr im Griff hatten. Noch zwei Minuten, dann müsste der Zug endlich da sein. Sie wollte einfach nur noch weg von hier. Die Idylle, in der es so erschien, als sei alles eingeschlafen, machte sie noch wahnsinnig. Manche mochten diese verschlafene

Atmosphäre vielleicht, sie würde sich jedoch niemals damit anfreunden können.

Endlich fuhr der Zug in den Bahnhof ein. Ihr fiel ein Stein vom Herzen, sie hatte schon Angst bekommen, dass der Zug womöglich ausfiel oder gar nicht mehr in dieses Kaff führe. Als sie nun endlich im Zug saß, rauschten dunkle Wälder und einzeln aufleuchtende Häuserlichter an ihr vorbei. Nach all dem, was geschehen war, glaubte auch sie nur noch daran, dass das Leben nur ein aufleuchtender Moment war. So schnell es da sein konnte, konnte es auch wieder verschwinden. Entweder verlor man seine Zeit auf dieser Erde oder machte etwas daraus, aber das Schicksal konnte einem oft auch einen Strich durch die Rechnung machen.

An der nächsten Haltestelle stiegen nur wenige Menschen ein, genau wie in dem verlorenen Kaff, in dem sie eingestiegen war. Sic war froh darüber, in einem älteren Zug zu sitzen, dort waren die Sitze viel bequemer als in den modernen Zügen, in denen alles so schlicht und praktisch wie möglich gehalten wurde. Normalerweise verteufelte sie alles Alte, weil es sie nur erinnerte, erinnerte an Dinge, die sie vergessen wollte. Eine lange Fahrt würde ihr bevorstehen, bis sie wieder in der Zivilisation ankommen würde. Es war eine Fahrt raus aus der Vergangenheit, weg von ihrer Heimat. Sie wollte einfach nur noch vergessen und alles hinter sich lassen. Plötzlich trat jemand durch die Waggontür. Im ersten Moment dachte sie, es sei der Schaffner, doch auf den zweiten Blick erkannte sie keine Uniform und kein Lesegerät für die Fahrkarten. Der Mann mit den dunkelbraunen Haaren und einem marineblauem Hemd bewegte sich immer weiter auf sie zu und setzte sich schließlich ihr gegenüber, obwohl der Waggon so gut wie leer war. Sie bekam Panik. Was sollte sie denn jetzt machen? Sie erkannte diesen Menschen wieder, und es war nichts

Gutes, an das sie sich erinnerte. In Gedanken betete sie, dass ihre Vergangenheit sie nicht noch einmal einholen würde.

Debora Schild

Verloren

Die Räder meines Trolleys graben sich immer tiefer in den Schotter, während ich versuche, meine Sonnenbrille aus meiner Tasche zu manövrieren. Mindestens drei Paletten Bier, zwei Schlafsäcke und ein Zelt gehören zu meinem Gepäck. Hätte ich doch nur mein Handy mitgenommen. Meine Freunde habe ich lange in der endlos erscheinenden Schlange vor der Gepäckkontrolle verloren und kann sie nicht mehr unter den zu einer lauten, brüllenden Masse gewordenen Menschen finden.
Vor mir steht eine Gruppe kreischender Mädchen mit Blumenkränzen in den Haaren. Sie haben gerade Bekanntschaft mit der Jungs-Truppe hinter mir geschlossen, die laute Musik angeworfen haben und den Mädchen nun großzügig Bier aus der Dose anbieten.
Da ich inmitten all dieser Menschen wohl wirklich ziemlich einsam aussehe, starrt mich aus ein paar Metern Entfernung ein Augenpaar an. Ich glaube, ich habe noch nie in meinem Leben so grüne Augen gesehen. Mit einem weiteren Blick sehe ich, dass die Augen nicht das einzige Detail sind, welches mir in diesem Gesicht positiv auffällt. Die Nase und die hohen Wangenknochen sind mit unzähligen Sommersprossen gesprenkelt.
Als ich endlich meine Sonnenbrille gefunden habe, schiebt sich ein dicker Mann mit einem Eis in der Hand in mein Blickfeld. Da heute schon Freitag ist und meine Lieblingsband in weniger als zwei Stunden auf der Bühne

stehen wird, werde ich langsam nervös. Um noch einmal einen Blick auf die grünen Augen hinter mir zu erhaschen, drehe ich mich unauffällig um. Ich kann sie nicht mehr in der Menge finden, aber leider fallen mir bei dem Versuch mein Schlafsack und die Isomatte aus dem Arm. Während ich versuche, die Sachen wieder auf meinen Rücken zu hieven, spüre ich, wie jemand über mich fällt. Die laute Musik wird durch Geschrei ersetzt, wie ich jetzt wahrnehme. Auf einmal geht alles ganz schnell. Die riesige Masse drückt sich nach vorne. Ich werde mitgerissen und gerate in Panik. Kreischende Mädchen, gröhlende Rocker, schwitzende Menschen, sie alle scheinen ein Ziel zu verfolgen: Das Festivalgelände so schnell wie möglich zu verlassen. Ich kriege kaum noch Luft, und meine Beine berühren den Boden nicht mehr. Die Masse trägt mich, schubst mich, drückt mich hinunter. Die Situation erscheint mir wie die eines schiffbrüchigen Bootes im Meer, das kurz davor ist, unterzugehen oder an den Klippen zu zerschellen. Ich werde mitgerissen und kann mich nicht halten. Ich kann spüren, wie die Luft aus meinen Lungen gepresst wird. Alles eng, stickig und alles in Panik. Plötzlich bemerke ich, wie mein Fuß hängen bleibt und die Menge mich weitertreibt. Ich bin mir sicher: Wenn ich in dieser Massenpanik hinfalle, werde ich nie wieder hochkommen. Der Versuch, mich an meinem Vordermann festzuhalten, der ebenso durchnässt ist wie ich, scheitert. Ich merke, wie ich falle und kann nichts dagegen tun. Niemand sieht mich unter den Tausenden panischer Menschen. Ich gehe unter. Falle. Doch ich erreiche den Boden nicht. Ich öffne die Augen und erkenne, wie mich jemand hält und mich daran hindert unterzugehen, wie ein Boot in den Wogen der Wellen auf dem Meer, in einer stürmischen Nacht, und mein Anker ist dieser Jemand mit den grünen Augen.

Maike van der Hoek

Amsterdam oder überall

Ein letztes Mal. Ein letztes Mal umarmte er sie, hielt sie fest und drückte ihren zierlichen Körper an sich. Er vergrub seinen Kopf an ihrer Halsbeuge. Der Geruch von Kokos. Ihr Lieblingsshampoo. Sie trug immer noch seinen Pullover, der ihr eigentlich viel zu groß war. Er konnte den weichen Stoff unter seinen Fingern spüren und ihre Finger in seinem Nacken.

Er wollte noch nicht gehen. Er wollte für immer hier bei ihr bleiben. Es war nicht sein Krieg.
„Ich muss gehen." Seine Stimme klang rau vor unterdrückten Tränen. Seinen Flug hatten sie schon vor einigen Minuten aufgerufen. *Amsterdam – Frankfurt – Kabul.*
Nur noch eine Minute. Ihre Umarmung roch nach Sicherheit, nach Zuhause, nach Familie, nach Abschied. Vorsichtig löste er sich von ihr, strich liebevoll über ihren Bauch. Ihm war kalt. Angst sprach aus seinen Augen.

„Wird sie mich erke---?"
„Wird sie", unterbrach sie ihn. „Und wenn du zurückkommst, kann sie bereits Papa sagen." Sie lächelte, doch ihre Züge verhärteten sich schon im nächsten Moment. „Wage es bloß nicht, getötet zu werden. Bitte komm zurück und ..."

Ihre letzten Worte verstummten in seinem letzten Kuss. Verzweifelt, friedvoll. Und doch zu groß. Sie klammerte sich an ihn, schluchzte auf. Ihre Augen waren heller als sonst, zu hell. Liebevoll wischte er eine ihrer Tränen weg, verbrannte sich beinahe daran. Unter den ganzen Narben würde eine mehr oder weniger auch nicht mehr auffallen. Die nächsten sechs Monate würden sie nur unsichtbare Begleiter sein.

Sechs Monate. Sechs Monate schmerzende Schultern, müde Augen und ein erhöhter Adrenalinspiegel. Sechs Monate voll von zu großen Aufgaben. Ruckartig drehte er sich um, schwang seinen Rucksack über die Schulter und nahm seine Reisetasche in die rechte Hand. Einen kurzen Moment war ihm, als sehe er sich selbst einige Meter weiter stehen und ein kleines Mädchen, das sich ängstlich hinter dem Bein seiner Mutter versteckte, während der Soldat, der immer noch Schürfwunden im Gesicht hatte, hoffnungsvoll die Arme ausgebreitet hatte. Ihm würde das nicht passieren, irgendwie wusste er das schon.
Bloß nicht zurückschauen. Er wusste, dass er, hätte er auch nur einen einzigen Blick riskiert, sich umgedreht hätte und für immer hier geblieben wäre.

Die Sicherheitskontrolle. Wie ein durchsichtiger Schleier streifte sie ihn, beinahe unbemerkt und doch als schwere Zellentür.

Bloß nicht zurück. Tränen brannten in seinen Augen, doch er durfte nicht weinen. Er musste stark bleiben. Für sie. Die Geräusche um ihn herum blendete er aus. Nur schwere Schritte auf dunklem Boden. Das Weinen eines Kindes, nein, kein Weinen. Stille.
Er gab seinen Pass ab, bekam ihn wieder zurück. Derselbe Name, eine größere Bedeutung.

Nicht zurück. Erst nach vier weiteren Schritten, die fast zu leicht waren, bemerkte er, dass ihm Tränen über sein Gesicht rannen. Er konnte nicht mehr klar sehen. Er war zu klein für die nächste Zeit.

Nicht zurück. Vielleicht nie mehr.

Jonas Weber

Lost and found

Sie kam langsam wieder zu sich. Trotzdem sah sie nichts als schwarz. Es musste Nacht sein. Hoffentlich. Ihr Zeitgefühl war das einzige, was ihr geblieben war. Tagsüber sah sie auch nicht viel mehr als einen hellen Punkt, der ganz vage durch den Sack auf ihrem Kopf schimmerte. Sie war am Ende. Durstig. Ausgehungert. Ihr Zeitgefühl musste doch verloren gegangen sein. Aber ob es nun Tage oder Wochen waren, spielte für sie keine Rolle. Sie wollte heim. Zurück in die Arme ihrer Mutter, die vermutlich bereits in den Wahnsinn getrieben worden war.

Sie fror. Der kalte steinerne Boden, auf dem sie eine Ewigkeit gelegen hatte, trug nicht dazu bei, dass sie sich besser fühlte. Ein nasskalter Luftzug strömte ihr ins Gesicht und sie begann am ganzen Körper zu zittern. Jemand musste irgendwo eine Tür geöffnet haben. Sie spürte die schweren Schritte der Männer, die knapp an ihr vorbeigingen. Sie unterhielten sich leise, aber dennoch so laut, dass sie vermutete, etwas verstehen zu können. Hätte verstehen können, würde sie die Sprache beherrschen. Osteuropäer. Polen. Rumänen. Etwas in der Art.

Sie kauerte sich noch weiter zusammen, jedenfalls so weit, wie sie sich gefesselt bewegen konnte. Sie begann zu weinen, die einzige Aktivität, die ihr ihre jetzige Situation erlaubte. Neben den Gedanken, die allmählich in Wahnsinn mündeten. Zu Hause hätte sie nun bequem in ihrem Bett gelegen oder wäre bereits in der Schule gewesen, oder eben auch nicht, wenn sie gewusst hätte, welcher Tag heute war. Hier blieben ihr nur die Gedanken an ihren weiteren Verbleib, wieso ausgerechnet sie aufgegriffen worden war, was als Nächstes geschehen würde, ob sie nach Osteuropa oder sonst wohin verschleppt würde, unauffindbar für alle, die sie kannten.

Sie dachte an ihre Mutter. Die Tür schlug auf und ließ sie aus ihren Gedanken verschwinden. Die Vibration der Schritte wurde immer stärker und rückte näher.

Sie wachte auf aus ihrem lückenhaften Schlaf. Eine Stunde, vielleicht auch zwei. Mehr hatte sie in den letzten zwei Tagen nicht am Stück geschlafen. Zu groß war die Hoffnung auf neue Informationen. Ihr Blick wanderte fast wie automatisch in Richtung Handy, das sie in den letzten Tagen nicht aus den Augen gelassen hatte. Sie streckte ihre Hand Richtung Nachttisch, wühlte zwischen den tränengefüllten Taschentüchern und nahm es schließlich an sich. Sie musste sich dem Nachttisch zuwenden, um nicht das viel zu kurze Ladekabel versehentlich herauszuziehen. Sonst hätte die Gefahr bestanden, dass sie womöglich den ersehnten Moment verpasste, in dem ihre Tochter gefunden wurde, weil dem Handy der Saft ausgegangen wäre. Mit einem zittrigen Wisch entsperrte sie den Bildschirm, um absolut sicher zu gehen, dass niemand versucht hatte, sie zu erreichen.

Nichts. Wie in den letzten Tagen auch. Ihr zitternder Finger wanderte in Richtung des Webbrowsers, doch er verfehlte ihn und öffnete stattdessen die Telefonie-Funktion. Angerufen hätte sie ihre Tochter jetzt gerne, ihre Stimme gehört, um zu wissen, dass es ihr gut ging. Doch sie wusste längst, dass es zwecklos war. Das Handy ihrer Tochter hatte man längst geortet und in einem Mülleimer gefunden. Eine weitere Hoffnung, die zerschmettert worden war.

Sie sammelte ihre Kraft und schaffte es schließlich, den Webbrowser zu öffnen. Es öffnete sich die Seite der

Lokalnachrichten, auf der sie nun in die Augen ihrer Tochter blickte. Sie starrte in die großen braunen Augen, welche sie nun seit etlichen Tagen nicht mehr gesehen hatte. Eine weitere Träne lief ihr über die Wangen und landete auf dem Boden. Sie wunderte sich, dass sie überhaupt noch in der Lage war zu weinen.

Hannah Staemmler

Busfahrt

Die roten winzigen Sitze, auf denen sie saßen, waren hart, abgenutzt und ungemütlich. Sie sah ihn an. Er war alt, das Gesicht voll von Falten, eine Narbe über seinem Auge. Doch er lächelte. Ein ganz kleines Lächeln, er war alt, doch er lachte. Sie schaute ihn an, während er nach draußen blickte, seinen Blumenstrauß ganz fest in der Hand, mit diesem winzigen Lächeln auf den Lippen.

Er war bald am Ziel. Er hatte es nicht mehr weit, bis er endlich dort war. Er vermisste sie so sehr. Eine Woche war er nun weg gewesen. An der Haltestelle wollte sie ihn abholen. Er freute sich schon unheimlich darauf, sie endlich wieder in seinen Armen zu halten. Nun trug er ein breites Lächeln auf den Lippen. Er hatte sie so vermisst. Ihre braunen Augen, ihre langen Beine und das dunkelbraune gekräuselte Haar. Sie war die perfekte Frau. Was er ein Glück mit ihr hatte. Niemals würde er sie gehen lassen.

Dieses Lächeln faszinierte sie. Ob sie irgendwann auch so glücklich werden würde? Er war bestimmt unsterblich verliebt und fuhr jetzt zu ihr. Sie steckte sich ihre Kopfhörer in die Ohren und wollte abschalten. Sie ließ die Gedanken kreisen und ließ sich leiten von der ruhigen Musik. Musik war ihre Leidenschaft, sie liebte das Fingerspiel auf dem Klavier und die Geigen im Hintergrund.

Ob das die Musik war, die er auch schon gehört hatte? War sie immer noch modern, oder war sie längst veraltet? Zierlich sah sie aus, ein sehr schmales Gesicht, beinahe ein wenig eingefallen. Sie erinnerte ihn an seine erste große Liebe, lange gelockte Haare und diese zierlichen Hände. Die Musik drang aus den Kopfhörern leise hervor. Er genoss sie und er lächelte vor sich hin. Er schaute wieder aus dem Fenster und hörte der ruhigen Musik zu. Es war alles perfekt. Er war rundum glücklich mit der Person, die er über alles liebte. Bald war er da, es dauerte nicht mehr lange, zwei Minuten vielleicht.

Wie süß er sich freute; noch fester drückte er die Blumen in seiner Hand. Durch das Lächeln in seinem Gesicht wurden die Falten stärker. Er sah unglaublich glücklich aus, er strahlte, wie sie es noch nie bei jemandem gesehen hatte.

Nicht einmal mehr eine Minute musste er auf seine Geliebte warten. Von weitem konnte man nun die Bushaltestelle sehen. Es war eine endlos lange Straße, die nicht mehr aufzuhören schien. Entlang der Straße zogen sich Felder. Jedoch war seine Geliebte noch nicht an der kleinen Haltestelle zu sehen. Auch als sie sich der Haltestelle näherten, war sie nicht zu erkennen. Sie würde auf ihn warten, hatte sie gesagt. Er verlor jeglichen Ausdruck in seinem Gesicht, als er sah, dass dort niemand war. Sie war nicht aufgetaucht. Er ließ den Blumenstrauß fallen. Seine Augen gerichtet auf die winzige Haltestelle. Er griff zu seinem Handy, wählte ihre Nummer. Doch er erreichte sie nicht.

Maike van der Hoek

Finn Johnson

Er konnte es nicht mehr. Es war vorbei, für immer. Er fröstelte, obwohl ihm noch nie kalt gewesen war. In seinem Herzen aber war das Feuer erloschen und hatte einer ängstlichen Kälte Platz gemacht. Selbst das rote Leuchten der Parallelstreifen auf seinen Schlittschuhen, die er jetzt zuschnürte, konnte ihn nicht beruhigen.

Mit einem verdammt schlechten und beengenden Gefühl in der Brust stand er auf, schwankte prompt. Kurz schloss er die Augen, atmete tief durch.
Alles war gut. Sollte gut sein, aber in Wirklichkeit war überhaupt nichts gut.

Some heroes use skates to fly. Komm schon, Finn, du konntest fliegen. Du kannst immer noch fliegen! Was war denn dieses Mal anders? Okay, das Eis glitzerte noch von seinem Blut, das eingefroren unter der Reichweite der Schlittschuhe lag. Er konnte es immer noch sehen, das hatte er vorhin von der Bande aus überprüft. Aber niemand sonst sah es.
Finn nickte dem Eismeister kurz zu, als er die schwere Tür aufzog und die Luft um ihn herum schlagartig kälter wurde. Er hätte seinen Pullover vielleicht doch noch aus der Umkleide mitnehmen sollen. Unsinn, er hatte noch nie einen Pullover auf dem Eis gebraucht. Aber ihm war auch noch nie kalt gewesen...

„Schön, Sie wieder hier zu sehen, Finn. Wie geht es Ihnen?"
Wie soll es Finn *schon gehen?* Er verschluckte sich an seiner harschen Erwiderung und antwortete nur „Besser". Und dann, nach einer kurzen Pause: „Danke."

Seine Augen brannten. Sie brannten vor eisigen Tränen, die die Erinnerung ans Fliegen betrauerten. Nur Johnson hatte es beherrscht, dieses schwerelose Übers-Eis-Gleiten, das schnelle Überkreuzen, den abrupten Hockeystop, das selbstsichere Siegen. Seit wann hieß er denn Finn? Selbst die Journalisten hatten verlernt, ihn mit einem ausdrucksstarken und allessagenden *Johnson* um ein kurzes Interview zu bitten.

„Dann viel Spaß – das Eis gehört Ihnen allein!“
Von wegen. Es gehört mir und der Angst.

Noch stand er am geöffneten Tor der Bande, eine Kufe schon in der Luft, nur noch Millimeter über dem Eis. Und dann war alles zu spät. Johnson musste noch einmal sterben.

Und Johnson jetzt über rechts, umspielt Nikulainen durch einen Pass gegen die Bande. Da vorne ist Hetricks frei! Aber Johnson macht es alleine, er umrundet den Nächsten, geht durch die Mitte und schießt! Geniale Parade des Keepers – Mäkelä ist wirklich gut in Form – aber der Puck ist noch im Spiel. Hetricks übernimmt, während Johnson hinter dem Tor vorbeigeht. Schöne Kombination von Hetricks und Smith, der jetzt mit Ruutu um den Puck kämpfen muss... Oh mein Gott, Smith ist mit Nikulainen zusammengeprallt. Beide liegen auf dem Eis. Nikulainen hat bis 2011 bei HIFK in Helsinki gespielt und – Was ist das? Johnson krümmt sich ebenfalls zusammen, er stand bei dem Zusammenstoß direkt daneben; oh, oh, oh, das sieht nach etwas Schlimmem aus. Johnsons Blut ist überall auf dem Eis. Man nimmt ihm jetzt den Helm ab. Die linke Kufe von Smith muss ihn geschnitten haben – Smith ist wirklich beinahe waagerecht hingeflogen. Oh mein Gott, es ist am Hals. Seine Mannschaftskameraden und Ruutu von den Finnen führen ihn jetzt bereits mit einem auf die Wunde gepressten Handtuch vom Eis...

Noch einmal fühlte er das kalte Metall an seiner Kehle und dann überall das warme Blut. Natürlich hatte er gewusst, wie gefährlich Eishockey sein konnte. Aber die Verletzung war noch nicht einmal das Schlimmste gewesen.

Schlagartig zog er den Schlittschuh wieder zurück auf den schwarzen Gummiboden. Er musste sich vornüber beugen und seine Hände auf seine Knie stützen. Er konnte keinen klaren Punkt mehr fixieren, schloss lieber die Augen. Ihm wurde übel. Er zitterte.

Als er dann endlich lag, wurde es besser. Die Beine gegen die Bande gestellt, Arme von sich gestreckt. Er starrte hoch zur Hallendecke. Er würde nie wieder fliegen. Sein Blut würde nie mehr aus purem Adrenalin bestehen. Er würde niemals persönlich die Weltmeistermedaille in Empfang nehmen. Er war noch jung. Er könnte studieren gehen und sich für immer vom Eis verabschieden. Oder Sportjournalist werden. Aber er lag noch hier. Auf dem Eis. Erst jetzt realisierte er, dass seine Unterarme und Hände durch den direkten Kontakt mit dem Eis schon beinahe taub waren. Denn er lag auf dem Eis. *Auf dem Eis.*

Mit geschlossenen Augen zog er sich schließlich an der Bande hoch. Ihm wurde wieder schlecht. Nur das Gefühl, auf Kufen zu stehen. Das war pure Freude. Ein Prickeln in seinem ganzen Körper. Nein, er konnte kein *Sportjournalist* werden.

Vorsichtig öffnete er ein Auge, dann das andere. Pures, glattes Eis. Gerade neu präpariert. Eine weiße, weite Fläche, nur für ihn erfunden. Er musste würgen, doch er brach nicht wieder zusammen. Mit aller Macht richtete er sich vollends auf.

Und er vergaß die Übelkeit. Ihm war nicht mehr kalt. Der Schwindel war weg.
Langsam stieß er sich ab. Flog. Er flog bewusst so langsam, wie er es noch nie getan hatte. Und als er die andere Bande erreicht hatte, war ihm das nicht mehr genug und er steigerte sein Tempo und stoppte so abrupt, dass das Eis hochspritzte. Wieder: Sprint, Stopp.

Was anders war als sonst? Nichts. Er konnte es noch.
Und Johnson stand mit ausgebreiteten Armen mitten in der Halle und lachte.

Lara Mauel

Passenger

Es klopfte sanft gegen ihren Hals. Immer und immer wieder. Ganz im Rhythmus ihres Ganges. Ihr Blick war auf den Rhein gerichtet. Es war faszinierend, wie die kleinen, sanften Wellen auf die harte Uferwand prallten. In der rechten Hand hielt sie einen Kaffeebecher. Ihr Vorname stand in einer großen, schwarzen, unordentlichen Schrift darauf. *Dana.*

Neben dem Geräusch der kleinen Wellen war auch ein Straßenmusiker zu hören. Je näher sie kam, desto lauter wurde die Musik. Jedoch nicht zu laut. Laut genug, aber nicht zu laut. Sie genoss es. Er hatte eine ruhige, fast beruhigende, warme Stimme. Seine zarten Finger brachten die hellbraune Taylor-Gitarre zum Klingen. Ihr gefiel es. Ihr gefiel es so sehr, dass sie für einen Moment stehen blieb und die Augen schloss. Das Klopfen hörte auch endlich auf.

Das Lied klang aus. Es war ihr Lieblingslied gewesen, jedoch hatte es ihr in seiner Version besser gefallen als im Original. Vielleicht hatte sie es einfach ein paar Mal zu oft gehört. Immer dieselbe Tonlage, immer dieselben Pausen. Immer dieselbe Stimme. Passenger war damals auch ein Straßenmusiker gewesen. Sie fragte sich, ob ihr Straßenmusiker auch einmal berühmt werden würde.

Er legte seine Gitarre ab und packte seine Sachen zusammen. Sie ging weiter. Es dämmerte langsam. Es klopfte wieder gegen ihren Hals. Ganz im Rhythmus ihres Ganges.

Auf der nächsten Bank saß ein etwas älterer Mann. Er sah ungepflegt aus. Der Bart war viel zu lang geworden und seine dunkelbraunen Haare waren zerstrubbelt. Sie konnte ihn riechen. Er hatte in jeder Hand eine Dose Bier. Er erinnerte sie an ihren Vater. Vielleicht war er es sogar. Sie wusste es nicht. Sie hätte ihn jetzt ohnehin nicht mehr erkennen können. Wut stieg in ihr auf. Wieso konnte sie nicht einen normalen Vater haben, der sich um seine Tochter kümmerte? Ein Gefühl von Wut und gleichzeitiger Enttäuschung.
Sie konnte den Mann nicht mehr ansehen. Schlimm war es.

Sie konnte sich noch genau an den Blick ihres Vaters erinnern, als er mal wieder sturzbetrunken nach Hause gekommen war und erfahren hatte, dass ihre Mutter und sie ausziehen würden. So hilflos war er gewesen. Doch das hatte sie nicht interessiert.
Sie wollte nichts mehr mit dem Mann, der sich ihr Vater nannte, zu tun haben.
Sie riss sich die Kette vom Hals, die er ihr damals geschenkt hatte, schaute sie noch ein letztes Mal an und warf sie in den Rhein. War es das, was sie brauchte? Beim Weitergehen fiel

ihr auf, dass das Klopfen gegen ihren Hals verschwunden war. Sie fühlte sich frei.

Lucie Hannes

Die Begegnung

Es war ein schöner warmer Sonntagmorgen. Wie jeden Morgen um sieben Uhr früh drehte ich eine Runde mit meinem Hund. Wir liefen an den kleinen Geschäften entlang, welche noch geschlossen waren, an den Bäckereien, die gerade zu öffnen begannen, und erreichten schließlich den Rhein. Ich blieb einen kleinen Moment lang auf der Rheinbrücke stehen, um den Fluss zu beobachten. Überall sah ich weiße Schiffe, welche langsam über den Fluss fuhren. Darauf Menschen, die aus dieser Ferne so aussahen wie Ameisen.

Mit Blick auf den Fluss begann ich wieder langsam zu laufen. Dann geschah es. Ein dunkelhäutiger, großer Mann stieß gegen mich, sodass wir beide zu Boden fielen. Nichts passierte. Regungslos lagen wir auf dem mit Dreck und Kaugummiresten besudelten Boden. Vorsichtig und langsam richtete ich mich auf. Ich schlich zu ihm hin und betrachtete den Mann. Seine Augen waren geöffnet. Sein Atem war unregelmäßig und laut. Als unsere Blicke sich trafen, setzte er sich ruckartig auf. Erst jetzt sah ich, wie dünn er war. Er versuchte aufzustehen, fiel jedoch wieder zu Boden. „Ist alles gut?", fragte ich ihn, aber er antwortete nicht. Eine Zeit lang beobachtete ich ihn. Er hatte langes, gelocktes schwarzes Haar, keinen Bart und braune Augen. Erschrocken und mit großen Augen sah er mich an. Dann sprang er plötzlich auf und lief humpelnd davon.

Es war so plötzlich, dass ich gar nicht mehr reagieren konnte. Kein „Tut-mir-leid“, kein „Alles-in-Ordnung-bei-Ihnen?“. Nichts. Etwas faszinierte mich an ihm. Doch was? Wie angewurzelt blieb ich stehen. Ich wollte mich umdrehen und weiter laufen, doch es gelang mir nicht. Plötzlich spürte ich, wie meine Beine wieder anfingen zu laufen, nun aber in die andere Richtung, in die Richtung des Mannes. Ich wollte alles von ihm wissen. Aber anstatt ihn mit Fragen zu löchern, kam kein Wort über meine Lippen. Ich war sprachlos.
Wir liefen nebeneinander her, ohne ein Wort zu sagen.

Lisa Hoellger

Am Rande des Abgrundes

Brianna biss sich auf die Unterlippe und schluckte die Tränen herunter. Sie stand vor einem schwarzen Loch, drohte, jeden Augenblick ins Bodenlose zu stürzen. Ein winziger Stoß, ein Windhauch würde genügen.
„Flo hatte einen Unfall?“, fragte sie nach, die Stimme leise, brüchig, mit trockenen Tränen beladen.
„Ja.“ Linas Stimme war so schwach, dass sie das Rauschen ihres Handys kaum übertönen konnte.
Scheinbar unendlich viele Fragen tauchten in Briannas Kopf auf, füllten die Leere und hinterließen doch unbeantwortet einen Nachklang, der sie erschaudern und taumeln ließ.
Was war passiert? Wo war er? Was hatte er? Warum war sie nicht bei ihm gewesen? Warum war niemand bei ihm gewesen? Oder war jemand bei ihm gewesen? Wie ging es ihm. *Wie geht es ihm?*
„Wie geht es ihm?“, fragte sie, musste die Antwort wissen und wollte sie doch nicht hören.

„Er ist vorhin aufgewacht, die OP ist gut verlaufen. Aber er…“ Lina schluchzte.
Brianna wusste, was immer auch passiert war, sie wollte es nicht wissen. Wollte nicht, dass sich alles veränderte, sich der Mittelpunkt ihres Lebens verschob. Doch sie konnte es nicht ungeschehen machen oder die Worte aufhalten, die Lina gerade aussprach.
Warum nur konnte man nicht nicht hören?
„Er erinnert sich nicht an mich.“
Die Worte ließen Brianna stolpern, als sie ihre Bedeutung verstand, wirklich verstand.
„Er weiß noch, wer er ist, aber die letzten Jahre sind einfach… weg. Er hat keine Ahnung, wer ich bin…“ Lina schluchzte erneut auf. „Er weiß nicht, dass er mich liebt, ich bin… eine Fremde für ihn…“
Er hatte Brianna nicht vergessen. Er erinnerte sich noch an sie. Wie sollte er auch nicht? Es fehlten nur die letzten Jahre in seinem Gedächtnis. Doch er kannte sie schon sein ganzes Leben lang. Wenn er wusste, wer er war, musste er auch wissen, wer sie war. Ihre Identitäten waren untrennbar miteinander verbunden. Es gab den einen nicht ohne den anderen.
Sie atmete tief durch. Wandte sich von dem Loch ab. Kämpfte gegen den Sog an, entfernte sich mühsam einen Schritt. Irgendwann würde sie nicht mehr dagegen halten können, würde sie fallen. Mit Sicherheit. Doch noch nicht, nicht jetzt.
„In welchem Krankenhaus seid ihr? Ich komme sofort.“

Elias Bernardy

Ein ganz normaler Tag

Das Fenster war offen. Doch keine erfrischende Luft fand den Weg in den Raum, der nur über dieses eine Fenster verfügte. Er saß vor seinem Schreibtisch. Seine Augen waren fokussiert auf den Bildschirm vor ihm. Mit seinen Händen hielt er den Controller verkrampft fest und bewegte mit seinem rechten Daumen flink den Joystick. Eine Person nach der anderen fiel auf dem Bildschirm vor ihm zu Boden und löste sich plötzlich in Luft auf. Der Kaugummi in seinem Mund hatte schon lange jeden Geschmack verloren, aber ihn störte das nicht. Dann sank auch sein Charakter auf den Boden.

Zehn Sekunden würde es dauern, bis er neu erschien. Er wandte seinen Blick vom Bildschirm ab. Kurz schaute er sich im Raum um. Nichts hatte sich verändert. Alles war so, wie er es liegen gelassen hatte. Dann griff er nach dem Glas, das links neben dem Monitor stand. Mit weit aufgerissenem Mund kippte er die durch die Sonne warm gewordenen Cola in seine Wangen. Schob sie in die linke Wange, dann in die rechte, legte seinen Kopf in den Nacken, gurgelte und schluckte sie dann runter. Die Lampe an der Decke blendete ihn. Er kniff die Lider zusammen und ließ nur noch ein bisschen Licht in seine Augen fallen. Er schloss seine Augen ganz, registrierte, dass sein Charakter erneut getötet worden war, ließ seine Augen aber zu. Er hörte ein Martinshorn immer lauter werden. Lauter und lauter. Bis das Laute wieder leise wurde. Leiser und leiser. Bis nichts mehr zu hören war.

Er blickte auf und sah aus dem Fenster. Die ersten Straßenlaternen gingen schon an. Die Sonne war fast nicht mehr zu sehen und die Dämmerung brach an. Er erschrak. Sprang auf und schaute auf seinen Wecker. „FUCK“, schrie er in sich hinein. Er griff hinter den Bildschirm und suchte hastig den Stromschalter. Beim Zurückziehen der Hand stieß er das noch halbvolle Colaglas um, welches sich wie in Zeitlupe, aber unaufhaltsam dem kürzlich aufgeräumten und gesaugten Boden näherte. Schnell sprang er auf und griff in den mount-everest-ähnlichen Klamottenberg, welcher sich auf seinem Bett türmte. Zuerst griff er einen Pullover, doch nach einer kurzen Einschätzung warf er diesen wieder zurück, da er ihm noch zu sauber erschien. Provisorisch nahm er ein T-Shirt, legte es auf die sich ausbreitende Cola-Pfütze und schob es, obwohl er wusste, dass das jetzt nicht viel brachte, mit dem linken Fuß hin und her durch die Pfütze. „Das reicht jetzt“, dachte er sich und beendete diese Aktion.

Gekonnt trat er gegen die nur angelehnte Tür, welche mit Schwung gegen den Türstopper flog. Er stand nun vor seiner Mutter, die gerade durch den Flur in die Küche gehen wollte. „Was hast du vor?“, fragte sie ihn. Ohne sie anzusehen, ging er an ihr vorbei in Richtung Wohnungstür. „Nur kurz weg“, sagte er. „Wohin?“, fragte sie ihn, während er sich bereits seine alten blauen Sneakers anzog. „Hast du gehört? Heute sind schon wieder Afrikaner angekommen!“. Er blickte nun auf und sah jetzt seiner Mutter direkt ins Gesicht. „Nein, habe ich nicht gehört“, antwortete er. „ Pass auf dich auf, wir haben keine Ahnung, wie die Leute drauf sind“. Er stand wieder auf, nahm eine Jacke von einem der Haken an der Wand und zog sie an. „Die wollen alle nur dein Geld, also rede auf keinen Fall mit denen!“. Ein leises „Ja“ verließ seinen Mund. Er öffnete die Wohnungstür und verschwand in die Nacht.

NACHWORT

Christoph Leisten

Nachwort

Ein Jahr lang haben die Schülerinnen und Schüler dieses Literaturkurses intensiv an ihren Texten gearbeitet. Die in dieser Anthologie zusammengestellte Auswahl ihrer Prosa umfasst ein weites thematisches Spektrum. Neben Alltagskonflikten, großen und kleinen Sorgen, Nöten, Abenteuern und Glücksmomenten kommt auch das Politische in den Blick. So ist ein Kapitel – „Überall Wasser" – dezidiert den erschütternden Schicksalen von Flüchtlingen gewidmet.

Die jungen Autorinnen und Autoren können stolz auf sich sein. Dass sie sich so bemerkenswert einfinden konnten in heutige Erzählweisen, ist sicherlich auch ihrer intensiven Beschäftigung mit jenen zeitgenössischen Werken zu verdanken, die im Unterrichtsjahr für den „Euregio-Schüler-Literaturpreis" nominiert waren. Die engagierte und einfühlsame Jury-Arbeit hat die eigene literarische Tätigkeit während des ganzen Jahres begleitet.

Was die hier nun vorliegenden Texte auszeichnet, sind leidenschaftliches Engagement, ein genauer Blick für kleine Details und der Mut zur Offenheit. So lädt diese Prosa ihre Leser zum Weiterdenken ein. Wir wünschen allen Leserinnen und Lesern eine anregende Lektüre!

Ein herzliches Dankeschön gilt Monica Cater, Lisa Hoellger und Maike van der Hoek für die wertvolle Hilfe beim Korrigieren sowie meinem Dichterfreund Fouad EL-Auwad für das Layout.